KB161094

한 사람 생활사

제주 사람 허계생

한사람 생활사

제주 사람 허계생

허계생 말
이혜영 글

여는 글

모든 삶은 사회적이다

살아온 이야기를 책으로 만들고 싶다는 계생이 삼춘[1)]을 도우려고 시작한 가벼운 구술 기록은 심층 인터뷰로 이어지고, 해설을 붙이는 일로, 작은 사전을 만드는 일로 커져 이 책이 되었다. 계생이 삼춘의 이야기에 제주도 근현대사와 농경사회의 노동방식과 생활방식, 결혼·출산·장례의 과정과 생생한 생활사가 들어있었기 때문이었다. 육지와는 사뭇 다른 자연환경과 역사적 배경을 가진 제주도를 이해하기 위해 오랜 시간이 걸린 육지사람인 나에게 삼춘의 이야기는 중요한 가치가 있다고 생각되었다.

1) 제주도에서는 가까운 윗사람을 남녀 가리지 않고 '삼춘'이라고 한다.

일흔 살인 허계생 삼춘은 80대는 되어야 경험했을 법한 일을 겪어 온데다가 어제 일처럼 소상히 기억하고 있었고, 말씀은 조리가 있고 명쾌한 분이다. 이야기꾼이자 소리꾼인 삼춘과 수십 년을 거슬러 이야기를 하다 보면 하는 삼춘도 듣는 나도 몰입되어 울다가 웃다가 굿판을 벌이는 것 같았다. 삼촌은 응어리를 풀고 나는 생생한 공부를 하는 그 과정 자체로도 충만한 시간이었다.

이 재미있고, 슬프고, 가치있는 이야기를 제대로 기록하는 것은 각오했던 것보다 어렵고 난감했다. 이야기의 배경이 되는 사회적 상황과 농사일 등을 공부하고 확인하는 것은 각오한 것이지만, 제주어 표기법과 표준어로 옮기기 어려운 어휘들과 화법의 차이 등은 번역가의 전문성이 요구되는 난이도였다. 제주도에서도 이 부분이 완전히 정립되지는 않았기 때문이다. 때문에 제주어사전과 제주어 표기법을 최대한 따르되, 제주어를 모르는 사람이 가능한 쉽게 이해할 수 있는 방향으로 나름의 기준을 적용하기도 했다.

사회적 기록에 관심을 두고 시골 분교, 사라져가는 갯벌, 관광이 지역에 일으키는 문제 등을 기록해오다가 제주에 정착하면서 할망하르방들과 어울려 살다보니 제주를 기록해야 한다는 어떤 책임감이 생겨 '세대를 잇는 기록'을 시작했다. 그리고 《제주생활사》를 만났다. 제주 사람들의 생활상이 놀라울 정도로 세밀하게 기록되어 있었다. 그 두꺼운 책 말미에는 한 권의 참고도서도 들어있지 않았다. 대신 선생님이 되어준 300여 분의 어르신들 이름이 쪽마다 가득했다. 놀라움과 감동이었다. 저자인 고광민 선생님은 40년이 넘도록 제주도 구석구석을 다니며 땀흘려 살아온 사람들에게서 배우며 기록을 이어왔던 것이다.

모든 삶은 사회적이다. 한 사람의 삶 속에는 그 시대의 역사와 문화가 들어있다. 국가의 흥망성쇠를 다루는 국사만큼이나 개인의 삶도 중요하다. 백성, 민중, 민초, 국민, 시민 등의 이름으로 뭉뚱그려지는 한 사람 한 사람의 삶 속에 중요한 의미가 있다고 믿는다. 그동안의 많은 구술 기록들에는 자세한 해설이 없어 세대와 지역이 다른 사람이 읽고 이해하기 어려워 아쉽게 느낀 적이 많았다. 허계생 삼춘의 말을 번역해 나란히 싣는 게 어떠냐는 의견을 주는 분들도 계셨지만 제주말을 쉬이 넘겨버리고 번역한 말만 읽게 되어 안 된다고 생각했다. 조금 더디고 불편하더라도 제주말을 곰곰이 읽어보기를 간청드리는 마음으로 고집을 세웠다. 그러다보니 해설에, 각주에, 음성파일에, 사전까지 덕지덕지 붙어 어수선한 감도 없지 않지만 독자들에게 이 방식이 유익하기를 이제는 기도하는 수밖에 없게 되었다.

누가 읽게 될지 독자를 가늠하기 어려운 이런 책을 출판하는 것은 출판사로써 쉬운 일이 아닐 것이다. 한그루 출판사는 제주도에서 내가 가장 사랑하는 출판사이기도 하고, 《제주생활사》를 펴낸 곳이기도 하다. 그러니 의지할 곳이 한그루밖에 없었다. 어지러운 원고를 보고도 기쁘게 출간을 결정하고, 지지부진한 수정 작업을 기다려주고, 단정하고 사랑스러운 책으로 편집하고 디자인해준 한그루 식구들에게 고맙고 미안하다 말로는 차마 못하고 여기 적어 둔다.

끝으로 제주도의 민속학자이자 사진가이신 만농 홍정표 선생님의 기록 사진은 당시를 이해하는 귀한 자료가 되어주었다. 또한 고광민 선생님의 가르침과 격려가 없었다면 이 책을 낼 엄두를 내지 못했을 것이다. 두고두고 공부하고 기록하는 것만이 보답이 될 것으로 믿고 제주도 기록을 이어가려고 한다.

2022년 11월

이혜영

차례

어린 시절

우리 계생이가 일등이라

청소년 시절

어른이 된다는 것은

결혼과 출산

애기 놓고 살아보려고

어린 시절

우리 계생이가 일등이라

4·3에 휩쓸리지 아니혼 집이 이샤?

4·3에 휩쓸리지 않은 집이 있어?

난 1953년 음력 8월 열하루에 송당서 태어났어. 계사년(癸巳年), 뱀해에 태어나서 계생이가 된 거라. 옛날엔 그런 이름도 하낫주(많았지). 아버지가 지어준 이름. 누게가(누가) 원허는 뚤이가게(딸이겠어). 아들이나 나시민(낳았으면) 몰라도. 어머니한테는 내가 맞이(맏이). 4·3사건에 드란온(데려온) 아들, 오빠는 하나 있지만. 나보다 다섯 살 위라. 또 동생들은 다섯 살 밑에고.

우리 할아버지는 엄청난 부자로 살아노난 사름들은 나를 '부잣집 손지(손주), 부잣집 손지' 헤낫주(했었지). 우리 할아버지는 대천동에 살앗는디, 4·3사건에 소개[2]로 외가가 이신(있는) 조천에 내려갔단 그냥 돌아가셔분(돌아가셔버린) 거라. 4·3사건이 나난(나니까) 위쪽에 사는 사람은 다 내려오라 헌 거라. 내려가지 않으민 다 폭도로 몰리겠다 허영(해서), 우리 할아버지는 워낙 부자고 허난 먹을 것도 다 가지고 외가에 내려간 거주.

이제 조천에서 사노렌(살려고) 허는데 군인들이 몰려와 "이 동네에서 한라산 지리를 잘 아는 사람이 누구냐?" 허난, 사람들이 우리 할아버지가 소, 말을 워낙 많이 하는 사람인 줄 아난(아니까) 우리 할아버지가 제일 잘 안댄(안다고) 다들 골은(말한) 거라. 그렇게 되어부난 그 군인들을 안 쫓아갈 수가 없게 된 거주. 그때 당시에 어디 거역이 잇어게(있어). 어쩔 수 엇이 군인들 지리자가(길잡이가) 된 거주. 할아버지는 말 찾으레, 쉐(소) 찾으레 뎅겨난(다닌) 하르방이난 그 군인들 가젠(가자고) 허는 대로 길을 ᄀ르친(가리킨) 거라. 경허다(그러다) 보민 어떨 땐 중간에서 막 접전이 붙은댄(붙는대). 산사람[3]하고 군인하고 붙으는 거라. 총 팡팡 허면 하르방은 죽어지는구나(죽겠구나) 허주게. 경허난 그것에 막 겁에 질련.

그렇게 지리자로 뎅기단(다니다가) 4·3사건이 좀 끔끔해지난(잠

2) 소개(疏開): 사전적 의미로는 공습이나 화재 따위에 대비하여 한곳에 집중되어 있는 주민이나 시설물을 분산하는 것을 말하며, 본문에서는 4·3사건 당시 미군정이 모든 산간마을 주민들에게 마을을 비우고 해안 5킬로미터 이내로 이동하도록 내린 명령을 말한다.

3) 산사람: 4·3사건 발발 이후 한라산으로 올라간 사람들을 말한다. 이들 중에는 남한 단독정부 수립을 반대하는 정치의식을 가진 이들도 있었지만 경찰과 군인이 젊은 남자들을 무차별적으로 학살하자 어쩔 수 없이 산으로 올라간 사람들이 더 많았다.

잠해지니까) 내려왔는데 탁 아파분 거주. 뎅기멍(다니면서) 애먹언 막 지천(지쳐서) 병이 든 거주. 경허단 할아버지가 돌아가셔불고, 우리 아버지네도 조천으로 내려갔단 아버지도 병이 나 다 돌아가신 거라. 우리 어머니는 남편이 돌아가분 거고. 열아홉에 시집왔단 스물에 남편이 돌아가분 거라. 1년밖에 못 살안. 우리 동생 쌍둥이를 2월달에 나신디(낳았는데), 우리 아버지는 7월달에 돌아가 버렸어. 애기들이랑 5~6개월베끼(밖에) ᄀ치(같이) 못 살고 돌아가셔 버렸주.

우리 큰아버지는 4·3사건 끝낭 먼저 올라오고, 우리는 어머니랑 뒤에 송당에 올라오난 우리 큰아버지네가 재산을 다 가져분 거라. 옛날엔 큰아들이 동생들 조금 주면 받지만, 안주고 혼자 다 먹켄(먹겠다고) 하면 어쩔 수 엇인 거라. 그때가 그런 때라부난. 큰아들이 우선권이 되여.

우리 할아버지는 큰아들이고 셋할아버지가(둘째 할아버지가) 아들이 엇엇어(없었어). 게난 우리 아버지가 그디 셋할아버지 알로(아래로) 양자를 갓어[4]. 우리 셋할아버지도 재산이 엄청나. 우리

4) 제주도는 역사적, 자연환경적 이유로 남성 인구수가 여성에 비해 적었다. 그래서 대를 잇는다는 목적 외에도 척박한 땅에서 남성의 힘 없이 농사를 지어 살기가 극히 어려웠기 때문에, 당시에 친족 사이에서 양자를 삼는 것은 흔한 일이었다.

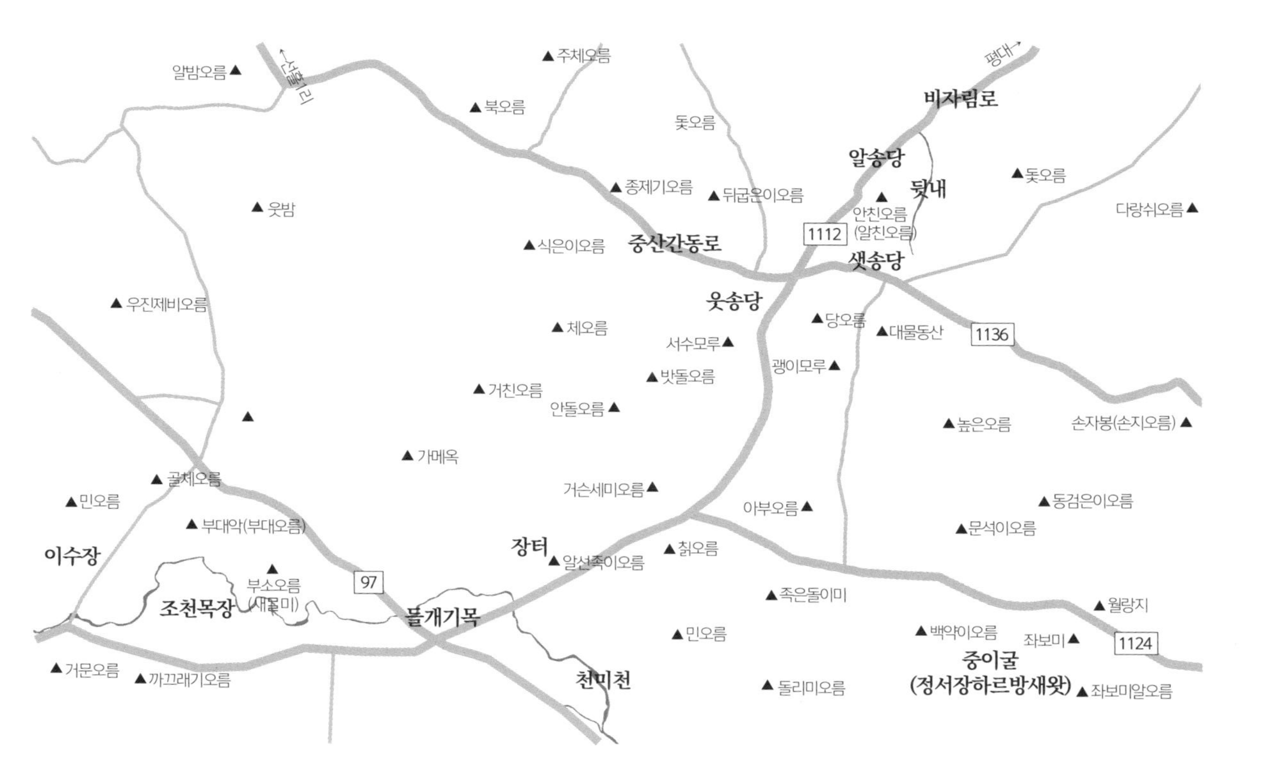

이야기에 등장하는 송당리 일대의 주요 장소를 표시했다.

큰어머니가 당신은 재산이 잇이난 농사를 하영(많이) 지어 쌀이 너무 많이 잇네(있어). 옛날에 시루떡 막 치멍(찌며) 셋할아버지네 집에 매날(맨날) 가정강, “셋아지방이(둘째 아주버님이) 노름만 하난에(하니까) 페양시경(파양시켜서), 우리 아들이 둘이난 우리 아들로 양자를 헙서.” 헌 거라. 손지로 아들하라고. 우리 아버지는 노름만 헷주. 경헹 우리 아버지를 페양시겨분 거라. 거기다 4·3사건에 할아버지, 아버지까지 다 돌아가시난 우리는 아주 상거지가 된 거라. 우리가 경 고생하게 된 거.

우리 큰아버지네는 오롬만도이(오름만도) 네 개라. 거문오름도 반쪽이 우리 큰아버지네 거고, 조천목장, 새몰미[5], 부대오름, 이수장[6] 민오름도 다 우리 큰아버지네 거라. 우리 큰아버지 땅 안 지나면 표선에 못 간댄 헤낫어(했었어)[7]. 이 땅이 평당 2원이엇어. 겐디 우리 사촌오빠가 그 들개기목 땅을 슬째기(살짝) 다 팔아분 거라. 전체 다 판 거라. 이 성보라벵디ᄁ장(까지). 땅이 경(그렇게)

5) 새몰미: 조천읍 교래리 부소오름의 옛 이름.

6) 이수장: 조선 조정은 제주도 중산간에 국마(國馬)를 기르는 국영목장을 설치했는데, 1~10소장(또는 수장)으로 불리는 10개의 목장으로 구획되어 있었다. 그 지명이 남아 민오름 일대는 2소장 또는 2수장으로 불렸다.

7) 이 오름과 목장지대는 조선시대 때부터 이어온 ‘공로(公路)’인 제주목(제주시)-정의(성읍, 표선)를 잇는 길이 지나가는 곳이어서 이런 표현을 하고 있다.

많았는디 그 전체를 다 팔아노난 큰아버지는 석달 잇다 쓰러져 신게. 사촌오빠는 지금도 삼살방[8]이랜 해서 그디(거기) 가지 않주게.

원 그 후제(후에) 우리 사촌오빠 성제가(형제가) 송당 땅 판 돈으로 명신호텔, 그게 제주도에서 제일루 큰 호텔이랏주. 그 호텔을 작은오라방이 사고, 큰오라방은 조천에 땅을 산 거라. 경허고(그리고) 시에 옛날 소방서 에염에(옆에) 집이 세 채 잇인(있는) 집을 샀어. 그디가 사라봉 사거리라. 거기 집을 세 채 사고 조천의 밭을 세네 지름[9], 아주 문~착헌(번듯한) 거 사낫주. 우리 사촌오빠네, 아버지네 다 술담밸 안 헤낫어(했었어). 겐디 여자에 그게 다 쓸리더라고(쓸려가더라고). 아시들도(동생들도) 하나 안 주고 다 욕심을 내노난(내니까) 경(그렇게) 된 거 달마(같아).

8) 삼살방: 세 가지 불길한 살이 낀 방향.

9) 지름: 밭을 세는 단위.

4·3사건과 소개

불타버린 7년, 상흔의 70년

4·3사건은 1947년 3·1절 기념행사에서 경찰의 발포로 민간인이 사망하는 사건으로부터 1954년 9월 21일 한라산 금족령(禁足令) 해제까지 7년 동안의 무력 충돌과 공권력의 진압 과정에서 민간인 25,000~30,000명이 집단적으로 희생된 사건을 말한다. 당시 제주도 인구는 약 300,000명이었으니, 4·3사건으로 제주도 인구의 10%가 희생된 것이다.

해방 이후 미군정 시기인 1947년, 제주도에서는 3·1절 기념행사에서 경찰 발포에 의해 민간인이 사망하는 사건이 발생했다. 이에 대한 항의로 제주도민들의 파업과 저항이 이어졌고, 이후 남한만의 단독정부 수립을 위한 총선을 거부하자 탄압은 더욱 거세졌다. 1948년 4월 3일, 경찰서를 습격하는 봉기가 일어나자 미군정은 제주도 초토화작전에 돌입해 주민들에게 산간마을을 떠나라는 소개 명령을 내리고 산간마을 90% 이상을 불태웠다. 이때 수많은 난민이 발생하고, 마을을 떠나지 않은 주민들을 폭도로 몰아 경찰과 군인이 무차별 학살하는 비극이 발생했다.

4·3사건이 끝나고 사람들은 살던 곳으로 돌아왔지만 젊은 남자들은 대부분 죽고 남은 사람들이 다시 집을 짓고 마을을 재건하느라 오랫동안 궁핍한 생활이 계속되었다. 6·25와 군사정권이 계속되는 동안 제주도 사람들은 그 죽음과 고통에 대해 입 밖으로 꺼낼 수도 없었고 죽은 이들의 기일이 돌아와도 통곡조차 할 수 없었다. 섬 주민 전체가 '빨갱이'로 몰려 두려움에 떨고 있었기 때문이다. 50여 년이 지나 2000년 김대중 정부에서 4·3특별법을 제정하면서 억울한 죽음의 명예회복이 시작되었다. 이는 지금도 진행 중이며 책임자 규명이나 처벌은 논의되지 않고 있다.

쌍둥이 어젯밤에 숨 안 거뒨?

쌍둥이 어젯밤에 안 죽었어?

하도 살길이 막막허난 우리 친족 어른이 땅을 쪼끔 주어 거기 집을 지어 산 거라. 나는 그것도 저것도 모르고 그냥 거기서 큰 거지. 그 집 지은 데, 오막살이에서. 겐디(그런데) 그 애기들 쌍둥이를 놔두고 아버지가 돌아가시난 너무 어려운 거라. 그때는 뭐 우유가 있나 아무것도 엇인(없는) 상태에서 그냥 뭐 입던 옷이나 그런 거 기저귀라고 이렇게 꺾엉(접어서) 놓고 젖이민(젖으면) 또 꺾엉 놓고. 우리만이 아니 다른 사람도 다 경헨(그렇게 해서) 살안(살았어). 이웃이 다 그렇게 사난 그냥 이렇게 허는 건가 헌 거라. 갈옷[10] 같은 거 처음엔 빳빳하지만 오래 입어불면 그것도 복삭해져(부드러워져). 그걸로 허영(해서) 깔앙(깔아)

10) 갈옷: 광목에 감물을 들여 지은 옷으로 제주도 사람들의 전통적인 노동복이다.

눕지멍(눕히며) 키왓주.

4·3사건 나고 양자로 데령온 오빠가 잇주게. 오빠는 어머니랑 일을 해야 살거든. 오빠는 한 열 살 되었는디 일해야 살아. 경(그렇게) 안 허민 살 수가 엇이난(없으니까). 어머니는 그 애기들을 놔뒁(놔두고) 나가불언. 이제 생각을 하면 우리 어머니는 그 해도 견디나마나한(견딜까 말까 한) 그 애기를 데령(데리고) 앉을 수가 없주게. 우리가 먹고 살게 엇어부난. 허민 난 애기를 보는 거라. 지금은 모든 것이 풍족해도 쌍둥이 나민(낳으면) 고생한다고 하는디, 아무것도 없는 상태에서…. 어머니는 숯불 하나 살롸뒁(피워두고)가. 숯불 위에 재를 딱 덮엉 놔둬. 경 헤놓고 나가멍(나가며) 어머니가 하는 말이, "애기 잘 보라". 나도 여섯 살이라….

우유 대신에 어떵(어떻게) 하느냐면, 쌀을, 그게 볶은 쌀인데 좁쌀로 밥을 찌엉(찌고) 말령(말려서) 그걸 보깡(볶아서) 이제 그걸 가루로 멘드는데(만드는데), 옛날인(옛날엔) 방앗간이 엇이난(없으니까) 그걸 맷돌로 골아(갈아). ᄀ레(맷돌)로 맴맴 골아그네 그걸 합체[11]로 치엉(쳐서) 그 가룰 놔뒁 가는 거라. 어머니가 양은그릇 작은 걸 톡하게시리[12] 놔줘뒁 가민, 나는 숟가락으로 가루 하나 놩 물 쪼끔 놩 휘휘 젓어 뜻뜻한(따뜻한) 화롯불에 놩 젓는 거라. 그럼 펄

11) 합체: 말총으로 엮어 눈이 아주 고운, 가루를 내리는 체.

12) 톡하게시리: 잘 놔둔다는 뜻이다.

펄해져(걸쭉해져). 그걸 애기가 울면 멕이는 거라. 그래도 애기가 울면 어떵(어떻게) 헐 줄을 몰라. 경허다 나도 ᄀᆞ치(같이) 울고….

살렌 허지도(살라고 하지도) 않아 죽어불민 해도 죽어지느냐. 도리가 없네. 어떵 헐 말이라[13]. 야들이 명이 붙으민 살고 안 붙어나면 마는 거주. ᄂᆞᆷ도(남도) 다 어렵게 살안. 4·3사건 끝낭(끝나고) 오난(오니까) 부제(부자)가 무슨 소용이 잇느니(있느냐). 다 아무것도 엇인디(없는데).

가이들이(그 아이들이) 좀 커가난 두 살에 또 나력병[14]이랜 해여, 그게 암이주게. 목에 나는 거 갑상선암이주게. 게난 제주도선 그걸 나력이랜. 그 병이 온 거라. 병이 오난 병원이 잇나 돈이 잇나, 어떵 헐 말이라. 이게 막 부엉(부어서) 고름이 터질 정도 되면 계란만큼 불룩 튀어나와. 게난(그러니까) 그 옆이 의원 하르방이 잇인디(있는데), 그 어른이 침으로 째어. 계란 노른자추룩(처럼) 그런 게, 벌겅헌(벌건) 게 막 나와. 게난 그것에 세숫비누 ᄃᆞᆱ은(같은) 거 긁엉 떡같이 멘들어 찹쌀밥하고 게엉(개어서) 그걸 붙여. 그렇게 일곱 번을 째어 붙였어. 그걸 째고 째고 하난 아기가 얼굴이 엇어져분(없어져버린) 거나 마찬가지라. 뼈만 남은 거라. 어머니 젖을 먹

13) 어떵 헐 말이라: 어떻게 할 수 없는 답답한 상황을 표현할 때 자주 쓰는 말이다. '어떻게 한단 말이냐' 정도로 번역할 수 있다.

14) 나력: '결핵 목 림프샘염'을 한방에서 이르는 병명이다.

여도 여기로 바글바글 나와불어. 흘쳐(흘려).

우리 큰아버지는 아침 새벽만 되면 오서서 물어. “어젯밤에 어떵(어떻게) 숨 안 거뒀어?” 죽어시민 묻어주젠(묻어주려고), 우리 아버지 엇어부난(없으니까). 우리 어멍이 “아직은 숨 잇수다.” 허민 밭에 가고. 그추룩(그렇게) 고름을 일곱 개 빼내도 살아낫주게.

애기들 살아난 후제(뒤에) 우리 어머니가 오빠를 서당엘 보냈주. 공부를 잘해 거기서 일등만 허는 거라. 한 달에 한 번 시험을 보는데 일등을 해노난 우리 어멍이 욕을 하는 거라. 서당에서 일등을 허민 시루떡을 한 시리썩(시루씩) 쳐오랜(쪄오라고) 허여. 서당 아이들을 먹일 거라. 어머니는 힘도 엇인디 그걸 해오랜 허니 욕하는 거라. 일등허지 말라고. 경헌(그런) 시절이라.

고무질도 잘하고, 사까닥질도 잘하고

고무줄도 잘하고, 뒤집기도 잘하고

나도 아홉 살이 되난 학교를 갔어. 동생들 때문에 아홉 살에 간 거주. 무신(무슨) 학용품이 잇이냐(있느냐) 그냥 책보따리만. 그때 월사금을 3천 원을 냇어. 그걸 내면 책이 나와. 어느 날 우리 선생님이 내일은 다 그림 그려 오랜(오라고) 숙제를 내는 거라. 연필도 제우(겨우) 잇인디 그림 그릴 게 있나. 색이 있어야지. 그림은 그리고 싶은데 아무리 생각해도 그릴 수가 엇어. 그냥 연필로만 그렸어. 새를 그려 갔어. 다른 아이들은 색칠을 해 내는데 나는 색이 엇이난 못 낸 거라.

"허계생이는 왜 그림 안 그려 왔어요?" 아무 말도 못하고 고만히(가만히) 있다가, "연필로만 그린 걸 색이 엇어 못 칠해수다(칠했습니다)." 겨우 골으난(말하니까), 가정 오랜(가져 오라고) 하는 거라. 겐디(그런데) 너무 잘 그렸다고, 색칠만 하면 일등도 헐 수 있다고 선생님이 막 추켜 주는 거라. 내가 생각해도 막 잘 그렸어. 하하

하. 나무 위에 앉은 새를 그렸는데. 하하하. 우리 선생이 나를 기안 죽이젠(죽이려고). 참 좋은 선생님이엇주.

아이들이영 같이 노는 거는 고무줄놀이, 오주매(오자미). 그거 집에서 풋(팥) 담앙 멘들아(만들어). 풋을 담아야 살락살락하지. 콩이나 풋. 수건돌리기하고 고무줄하고 자치기하고, 놀인 막 하낫어(많았어). 내가 아무것이라도 잘헤낫어. 달리기도 잘하고. 하하하. 경헌데 놀 시간이 엇엇주(없었지). 우리 학교 강 오민 애기보며 노는 거지, 무신(무슨) 놀만하지 못헷주게.

허계생의 송당국민학교 졸업사진. 아래에서 두 번째 줄 제일 왼쪽이 허계생이다.(허계생 제공)

그래도 멩풀 틑어(뜯어) 새각시 멘들아(만들어). 멩풀이라고 보리 추룩(처럼) 파랑한 게 막 길어. 그 풀을 비엉(베어) 요만이(요만큼) 줍아(잡아) 묶엉 영(이렇게) 뒤집어 묶으민 사람 머리가 되여. 머리 질이는(길이는) 넴겨뒹(남겨두고) 또 묶으는 거라. 그럼 배가 되고. 그걸로 새각시, 새각시 헤영 어멍아방 놀이하는 거라. 고무질도 잘하고 사까닥질(뒤집기)도 어찌나 잘하는지. 다리 씽하게 돌리면 고무줄도 끝끝까지 심엉(잡고) 막 잘헤낫어. 욱아가난(커가니까) 밤에는 호썰(조금) 벗들광 놀러가젠 허민 그냥 가느냐. 열서너 살만 되민 수놓아. 베갯잇도 수놓고 포따리에도(보따리에도) 수놓고, 수놓는 걸 재미삼아 헷주.

어느 날은 금춘이영(금춘이랑) '큰물'이옌 한 데를 탈(딸기)을 타레(따러) 간 거라. 선배들이 막 거기서 헤엄을 치는 거라. 우리는 어리난 헤엄을 못 치지. 선배들은 큰큰한(큰) 아이들인데 막 깊은 데 강(가서) 여기는 앉아도 여기다, 얕은 데 강 여긴 서도 이만큼이네, 막 이러는 거라. 우린 그걸 곧이들은 거라. 금춘이는 조카를 하나 데령(데리고) 가고 나는 쌍둥이 둘이 데령 갔거든. 저 아이들 가면 우리도 저기 가서 헤엄쳐보자 한 거라.

경헨에(그렇게 해서) 갸들이 한참 놀다 가부난(가버리니) 그리로 가 앉았는데, 우리 마을 아지망(아주머니)이 와 빨래를 막 팡팡 하는 거라. 서답마께(빨랫방망이) 소리는 팡팡 나는디, 너가 먼저 들어가렌 서로 하단 금춘이가 먼저 들어가기로 되연. 비슥한(비스듬한) 돌을 디뎌 들어가는데, 퐁글랑하게(퐁당) 빠지더니 그냥 허우적 허우적 허는 거라. 난 거기 앉아서 뭘 잡고 내밀어야 되는데 어려노난 그냥 손을 내밀어 "내 손 잡아이~." 허멍 내미니까 그 아이가 팍 심어부난(잡아버리니까) 둘이 다 빠져분 거 아이가. 야~ 둘이 다 빠져노난 여기 앚인(앉은) 아기들 세 개는 잘한다, 잘한다 막 하는 거라. 부락부락(부글부글) 허는디 물속에서 노는 줄로 알고. 야들은 웃기기만 한 거여.

근데 빨래하는 아지망이 저 아기들이 둘이 잇엇는디 어떵되어 안 보이나 하고 와본 거라. 두 개가 빠져 허우적거리니까 건져놘(건져놓고서) 얼굴을 탁탁 때리는 거라. 물 먹어노난 아지망이 배도 밟아 물도 막 빼고 한 거라. 그래도 눈에 하얀 거만 보이다가 나중에 정신들이 났지. 정신 출려그네(차려서) "우리 어멍한티 절대 곧지(말하지) 말자. 너도 곧지 말라." 그렇게 약속한 거라. 그런데 우리 건져준 어른이 집이(집에) 왕(와서) 말을 해부렀주게[15]. "아이들 물에 빠져신게(빠졌으니까) 넋이라도 들여줍서." 하니까, "아이고 이거 무신 말이고!" 어멍이 다 알아분 거 아이가. 금춘이

15) -게: 여기서 '-게'는 강조의 어미다. '해버렸다니깐', '해버렸지 뭐야' 정도의 의미다.

덩드렁에 보릿짚을 두드리는 모습. (촬영 홍정표, 고광민 제공)

는 막 아파 누원(누었어). 뒷날은 심방(무당)할망 왕(와서) 넋들여주고 한 거라.

내가 나중에 학교 졸업을 할 때에 통지표를 타보난 2학기에 81번을 결석헷어. 영 잊어버려지지도 않아. 개근상 타고 하는 아이들 하도 부러와. 그 시절에도 개근상, 정근상 타는 아이들도 잇어라. 경허믄 얼마나 부러워신디. 나는 밭에 갈 건데 학교 가는 아이 보민(보면) 하도 기가 멕혀. 나도 학교 갈 건디…. 그래도 울진 안헷주. 울민 어떵허느니. 어디 의지할 데가 엇이난 어쩔 수가 없는 일이라.

하간(온갖) 새(띠)여, 끅(칡)이여 걷어다, 어멍한테 착하덴 말 듣젠(들으려고) 그걸로 배(끈)도 꼬아. 덩드렁[16]에 놔그네 호썰(조금) 톡톡 두드려. 이제 생각하민 외국 어디 그 못사는 나라 아이들 보민 그게 나 삶이랏어(삶이었어). 조그만 아이들 강(가서) 물 질고(긷고) 무시거(뭘) 하는 게 그게 우리 삶이랏어. 어쩌다 개근상 타고 하는 아이들 있어도 거의 다 나 달믄(같은) 아이들. 어쩔 수 엇어. 다 어려운 때라노난.

16) 덩드렁: 구멍이 없이 미끈하고 둥글넓적한 돌. 여기에 짚 따위를 놓고 두드려 부드럽게 만든다.

넋들임

아이들을 돌보는 삼신할망

신들의 섬 제주도에는 한반도 그 어느 지역보다도 많은 신화가 이어져 내려오고 있다. 그중 삼신할망은 아기를 점지해 주고 태어난 아기를 열다섯 살까지 돌보는 출산과 육아의 신이다. 명진국애기씨가 삼신할망으로 좌정하기까지 도전과 승부의 이야기가 펼쳐지는 '삼승할망본풀이'는 '심방'(무당)을 통해 지금도 구전되고 있으며, 제주도 여성들은 아기가 태어나고 자라는 동안 삼신할망에게 상을 차려 모시고 아기의 건강을 기원했다.

그런데 삼신할망은 신화 속의 존재만은 아니어서 마을마다 삼신할망으로 부르는 여자 심방이나 나이든 여성이 실제로도 존재했다. 출산을 하거나 아이가 아프거나 큰일을 당하면 삼신할망에게 찾아가 도움을 요청했다. 그러면 삼신할망은 출산을 돕고, 아이를 위한 의례를 행했다. 옛 제주도 사람들은 아이가 크게 놀라거나 충격을 받으면 넋이 일시적으로 몸에서 빠져나간다고 생각했는데, 이때 행하는 것이 '넋들임'이다.

아이들은 육체와 영혼의 결합이 불안정해서 높은 데서 떨어지거나, 물에 빠지거나, 교통사고를 당하거나 하여 크게 놀라게 되면 넋이 빠져나가 계속해서 놀라며 울거나, 식욕이 없고, 기력이 없는 상태가 되는데, 이를 '넋났다'고 한다. 그러면 삼신할망은 신성한 물로 아이를 정화하고 아이가 낫기를 기도하는 비념 형식의 '넋들임'을 했다. 하지만 이 정도로 아이가 차도가 없을 때는 심방이 나서서 넋이 빠져나간 장소에 가서 '넋들임굿'을 벌이기도 했다.

내터져 고사린 꺾도 못허고

내 넘쳐 고사리는 꺾지도 못하고

하룬 금춘이영 금춘이 할머니영 헤연에(해서) 고사리 꺾으러 가젠(가려고) 헌 거라. 우리 어머니도 엇인디(없는데).

"아이구 할머니, 나 가불민(가버리면) 우리 어머니 나 막 찾지 아니하까마씀(않을까요)?"

"저 순열이 어멍신디(한테) 골아뒁(말해두고) 걸라(가자). 저 들개기목[17] 가그넹에(가서) 저 숯구뎅이[18] 옆이 집 잇이난(있으니) 그디(거기) 잠자멍 하루 가 아정(가지고) 오게."

"예, 알앗수다."

17) 송당리 대천동에 있는 지명. 17쪽 지도 참고.

18) 숯구뎅이: 숯을 구웠던 구덩이.

경행 벗 훌림(꼬임)에 가구정행(가고 싶어서) 같이 간 거 아니라. 이제 순열이 어멍신디,

"우리 어머니신디 나 고사리 꺾으레 할머니네랑 ᄀ치(같이) 갔져(갔다고) ᄀ라줍서(말씀해 주세요)."

"경허라(그렇게 해라)."

아이고 경헨 강(가서) 막 부지런히 꺾어 어두워가난 비가 어신 어신 오는 거라. ᄀ랑비 막 오라가고(다녀가고) 하난에 할망 하는 말이

"혼저(빨리) 낭(나무) 허라. 낭을 해서 안트레(안에) 들여놔사(들여놔야) 고사리도 삶고 밥허영 먹주. 경 아니허민 밥 헐 낭 엇이 문척(몽땅) 젖어불민 아니 된다."

이젠 고사리는 두 구덕[19] 헹 숯구뎅이 옆드레(옆에) 비와(비워) 두고 낭을 부지런히 헷주. 낭 허연 이제 구뎅이 옆이 몬(모두) 과짝(곧추) 세완(세우고) 그 옆이 솥 하나 쪼끌락헌(쪼끄마한) 거 아사간(가져간) 거 그디서 이제 저녁밥을 해여 먹은 거라. 고사리는 삶으지 못 허고. 고사리는 뒷날 호썰(조금) 시들롸그네(시들게 해서) 그냥 지어 내려가기로 허연. 경헨 그디 놔된 숯막에서 잠을 자노

19) 구덕: 제주도의 대나무 바구니. 바닥은 직사각형이고 부리는 타원을 이루는 형태로 용도에 따라 다양한 크기로 만들어 썼다.

란 허난 등어리가(등이) 석석헌(서늘한) 거라. 게난 확 일어난 보난 물이 줄줄줄줄. 구뎅이 위에 어웍(억새)만 더꺼(덮어) 발게시리[20] 헌 건디, 베끄티(바깥에) 비가 하영(많이) 오난 움막진(우묵한) 데로 비가 줄줄줄줄 들어온 거 아니라.

"할머니, 할머니, 물 막 들어왐수께(들어옵니다)!"

ᄀ치(같이) 일어나 밥 해먹젠(해먹으려고) 헌 낭을 그디 막 끈거라(깐 거야). 높으게시리 허영 그 낭 우이(위에) 올라앉아도 계속 물은 줄줄 들어와가난 몸뗑이도 다 젖게 된 거 아니라. 경허난 그 우트레(위에) 고사리구덕 엎어놘 그 위에 올라 앉안. 웃도리만 안 젖언 아랜 다 젖고 경헨 날이 밝은 거라. 히지근헤가난(희뿌얘져서) 베껕드레(바깥에) 나와보난, 아이고 비가 하도하도 크게 와노난 내가 터져 밋밋(철철).

"아이고 할머니, 우리 어떵허면 조으코(좋을까요). 가지도 못 허고 고사리도 못 꺾고 어떵헐거."

어떵어떵 헤연에 내 엇인(없는) 쪽으로 돌안(돌아서) 호끔(쪼금) 물살이 꺼져가난에 이제 들개기목으로 온 거라. 그디(거기) 우리 큰어머니네가 살주게. 그딜 갔주. 가난 우리 언니가,

"아니 무시거드레(뭣 때문에) 비가 오는데 오랏수꽈(왔어요)." 허

20) 발게시리: 물이 스며들지 않고 흘러내리게.

멍 할망신디(한테) 골안(말했어).

“아이고, 고사리 호끔 꺾어 아정(가지고) 가젠 헤엿주. 경헌데 비 와부난, 오꼿(와락) 비와부난에 밤새난 잠 못자시난.”

야~ 다리가 밤새 그 물에 담가져노난 얼언. 다리가 붓어오난 막 불긋불긋 피독 막 올라. 우리 언니는 그냥 또뜻한 물 허연(해서) 멕이젠, 죽 쒕 먹이젠, 막 이녁(자기) 옷 앗아당(가져다가) 다 걸쳐주언. 우리 입엉 간 옷은 다 뿔안(빨아서) 불에 물류고(말리고) 허

고사리구덕(촐구덕). 촐구덕은 허리에 차는 대그릇이다. 이것은 제주도 서귀포시 토평동 김홍식 씨(1939년생, 남) 집에 있는 것이다. 제주도 사람들은 촐구덕을 고사리를 꺾고, 들나물을 캐고, 갯밭에서 가시리 등을 따 담아 등이나 허리에 차고 나르는 용도로 썼다. (사진/고광민)

단보난 비가 좀 갠거라. 고사린 꺾도 못허고 빈 채 그냥 내려완. 헐 수가 없주게. 구덕도 막 젖어불고. 점심밥도 헤여주언 먹고 들개기목에서 송당으로 내려왓주. 내려오난 어멍은,

"아이고 밤새 비 하도 커부난(커서) 즈들아신디(걱정했는데) 살아오난 됐져."

고사리는 흔 방울도 꺾어가도 못허고. 허허허.

고사리 꺾을 철이 되민 새벽부터 동네사람들이 몬(모두) 우리집이(우리 집에) 오라(와). 네 시쯤 보듯한(빠듯한) 때[21] 왕(와서) 앗이민(앉으면) 주먹밥들 싸멍 온 사람도 잇고 아니 싸 온 사람도 잇어. 우리 어머니는 아이들은 가민 배고프덴 헹 주먹밥을 광목천에 쌍 앗아줘(갖다줘). 걸엉(걸어서) 가는디 8~10키로는 가는 거라. 갈땐 빈차(빈채) 가는 거주. 구덕만 지어아정(지어가지고). 올땐 고사리 꺾엉 그 짐이 잔뜩 하면 오당 중간에 부려뒁 또 흔짐 지어아정 오곡 허당보민 어둑주게. 밤중. 그추룩 고사리 꺾엉 물류와(말려) 장에 강 보리쌀 바꽈 먹으멍 봄을 냉겻주(넘겼지).

21) 거의 4시 다 되었을 때.

중산간 사람들의 겨울 부업, 숯 굽기

연탄과 석유가 충분히 공급되기 이전까지 제주도 사람들이 사용하던 연료는 잡풀과 나무, 쇠똥, 그리고 숯이었다. 잡풀과 나무와 쇠똥은 일상적인 취사와 구들 난방에 사용되었고, 숯은 화로에 담아 겨울 실내 난방을 하거나, 제사나 잔치에 쓸 적을 구울 때 사용했다. 조선시대에는 중산간마을 사람들에게 세금을 숯으로 대납할 수 있도록 한 기록도 있는데, 그만큼 관아에서도 숯이 필요했고, 사용량이 많았다는 뜻이다.

이처럼 숯은 값이 나가는 고급 연료였기 때문에 겨울이 되면 중산간마을 사람들에게 숯 굽기는 중요한 부업이었다. 마을의 공동작업으로 숯을 굽기도 하고, 개인적으로 숯을 구울 때는 3~4명이 어울려 함께 구워 나누거나 어울려 가되 각자 가마를 만들어 굽기도 했다. 나무를 장만하고 숯가마를 쌓아 불을 때 숯을 굽는 데는 5~6일 정도 걸렸다. 특히 불을 넣어 땔 때는 계속 불을 조절해야 하기 때문에 숯가마 곁에 임시 움막인 '숯막'을 지어 밥을 해먹으며 지켜야 했다. 지금도 곶자왈 안에는 예전에 쓰던 숯가마와 숯막 터가 곳곳에 남아있다. 허계생 일행이 고사리를 쌓아둔 숯구뎅이는 숯을 굽던 구덩이를 말하며, 숯구뎅이 옆에 있는 집은 숯막을 이르는 것이다.

그런데 송당의 숯가마와 숯막은 제주도의 다른 지역과 그 형태의 차이가 컸던 것 같다. 다른 지역은 땅을 20~30센티미터 정도 파서 다져 돌을 쌓아 숯가마를 올리는데, 송당의 숯가마는 사람의 키높이 정도로 깊이 파서 숯을 굽는 경우도 있었다고 한다. 이는 송당의 땅이 제주도 다른 지역에 비해 자갈의 비율이 현저히 낮아 땅을 깊이 팔 수 있어서 쌓아 올리는 가마를 만들 필요가 없었기 때문으로 보인다.

송당리의 채계추(1927년생, 여) 씨는 겨울이 되면 들개기목 너머 참나무숲에서 남편과 숯을 구웠다. 숯이 다 되면 어욱(억새)으로 폭 40센티미터, 길이 60센티미터 정도 크기로 엮은 '토리'에 숯을 놓고 둥글게 감아 묶어 수레에 실어 왔다고 한다. 이것을 수산이나 종달에 가서 팔았는데, 숯 한 토리로 고구마 1말을 바꿀 수 있었다.

그런데 일제강점기 이후로 벌채가 금지되었기 때문에 민간의 숯 굽기 또한 불법이었다. 전통적으로 해오던 생업이었기에 적발이 되면 더러 봐주기도 하고, 벌금을 내기도 하면서 계속 이어지다가, 1980년대에 이르러서는 그 자취가 완전히 사라지고, 이제는 그 경험을 가진 이들도 사라지고 있다.

선흘곶자왈(동백동산)의 숯 문화 흔적. 위가 숯가마, 아래가 숯막이 있던 자리다.(사진/이혜영)

바닥이 드러난
마른 내의 세계

제주도에도 하천이 있을까? 물론 있다. 60개의 지방하천과 83개의 소하천이 있으니 적지 않은 셈이다. 그런데도 우리가 제주도에서 하천을 보기 드문 것은 물이 늘 흐르는 내가 아니기 때문이다. 한라산으로부터 흘러내리는 물은 땅속으로 스며들어 지하로만 흘러 대부분의 내는 마른 건천(乾川)이다. 내는 내지만 창(바닥)이 드러난 내라서 제주도 사람들은 건천을 '내창'이라고 하였다.

평소에 내창은 걸어서 건너다니는 길이 되기도 하고, 내창 우묵한 곳에 고인 물은 식수가 되어주었으며, 소들이 풀을 뜯는 평화로운 곳이다. 하지만 큰비가 내리면 내창은 무서운 곳으로 변했다. 한라산에서 몰려 내려온 빗물은 거대한 물살이 되어 무섭게 곤두박질치며 내창을 따라 쏟아져 내려왔다. 제주도 사람들은 이것을 '내터졌다'고 한다. 한라산에 큰비가 내리면 얼마 뒤에 갑자기 내가 터지기 때문에 소나 사람이 휩쓸려 죽기도 하고 집이 침수되기도 했다. 내가 터지면 내를 건너갈 수 없으니 큰비가 오기 시작하면 학교 수업을 중단하고 아이들을 서둘러 집으로 보내기도 했다.

계생이와 금춘이 할머니네가 밤에 내린 비로 내가 터져 고생한 '들개기목'은 지금의 대천교차로 일대인데, 제주도에서 가장 긴 하천인 '천미천'이 들개기목을 휘감고 지난다. 송당 사람들은 천미천을 '진숫내'라고 했는데, 진숫내로 들어가는 여러 지류가 터져 길이 막혔던 것이다.

창(바닥)이 드러난 내창 한천. 한라산에서 발원해 제주시 오라동을 따라 용담동을 지나 용두암 앞에서 바다와 만난다. (사진/이혜영)

어머니 몰래 물허벅 지엉

어머니 몰래 물허벅 지고

구술 듣기

일곱 여덟 살만 되면 물질을 시작혀. 그만이만 되면 물 질러(길으러) 다니고 어른 일을 다 헷주. 그땐 '등덜펭'이렌 해여 쪼끄만 펭(병)이 이서. 그 펭으로 처음엔 질고. 그땐 어머니랑 ᄀ치(같이) 강 지는 거지. 그건 '차롱[22]'에 지엉 양쪽 귀에 '산듸짚'(밭볏짚)을 담는 거라. 흔들리지 않게. 아홉 살이나 열 살이나 돼가면 '대바지[23]'를 허는 거라. 그때도 산듸짚을 담아. 물을 질어오면 '물항'에 비왕(비워서) 채우주게. 항은 두갤 놓주게. 두 개를 놔 하나 다 먹어가면 대기가 돼야 되난.

22) 차롱: 대나무를 쪼개어 네모나게 결어 속이 깊숙하고 뚜껑이 있게 만들어 음식 따위를 넣는 그릇. 밥차롱, 떡차롱, 적차롱 등 담는 내용물에 따라 여러 크기로 만들어 썼다.

23) 대바지: 작은 물허벅. 주로 여자아이들이 물을 길어올 때 썼다.

한 열세 살쯤 되어실(되었을) 거라. 어머니가 밭에 가멍 "물 한ᄀ득 지라. 아기들 보고." 영헹(이렇게 하고) 가부니까, 대바지를 지고 물을 질러 다니는데, 그 대바지로 질어당 비와봐도 물항이 ᄀ득지(가득하지) 아니허메. 그만이베끼(밖에) 아니하는 거만 달마(같아). '에이 이거 어멍 엇인(없을) 때에 큰 허벅으로 강 질어야지.' 열세 살이민 어머니는 아직 허벅 못 지게 헐 때주.

야~ 처음에는 물을 질러 가는데, 송당은 다 '오름엣물'이라. 이 선흘은 완 보난 통, 영 조그만 물통인디 우리는이 다 오름 꼭대기에서 나는 물이라. '나는물[24]'이라. 송당은 다 나. 송당은 물만큼은 좋아. 경헹허난(그러하니) 물을 질레 '대물'로 갓주게. 허벅 ᄀ득(가득) 대물을 질어가지고 등에 지어사(지어야) 허는디, 게난 허벅을 들를 수가 없는 거라. 무거우난. 못 들르니 구덕에 허벅 논양에(놓은 채로) '물박세기'로 물을 날라당 그냥 지는데 어떵 어떵 일어낫어.

이야~ 경헌디(그런데) 그걸 지엉(지고) 게도(그래도) 올라가는 건 어떵 올라가는디 내려와야 돼여. 쪼꼼만 올라가면 내려오는 디라. 내려오는디 고무신이 막 다 벨라져(찢어져) 그냥. 무거워노난, 힘줘노난게. 야, 안 되커라(안 되겠어). 암~만 해도 무거왕 안 돼. 이젠 중간에서 부렸어. 한 다섯 자국쯤 오난 도저히 안 되커라.

24) 나는물: 빗물이 고여서 생기는 물이 아니라 땅속에서 흘러나오는 물.

날마다 먹고 씻을 물을 긷는 일은 여자들의 무거운 의무였으며, 여자아이들은 예닐곱 살만 되어도 엄마를 따라 물긷기를 시작했다. (사진/홍정표)

그 물을 도로 비웠어. 아하하하. 비워단(비워놓고) 고사리, 풀고사리 늙은 거로 마개를 막았거든. 물이 ᄀ득하면(가득하면) 충덩충덩(출렁출렁) 안 하는디 물을 1/3쯤 비워노난 충덩충덩 허멍 고사리를 다 먹는 거라. 도저히 안 돼 쪼금 오다 또 비와. 경허멍이 결국에는 대바지 하나만큼을 못 지어오더라고. 허벅 무게도 있네. 도저히 안 돼. 집에 완 그 물 쪼꼼 헌 거 베끄티(바깥에) 다라에(대야에) 비와서(비웠어). 고사리 막 빠져노난 먹지 못 할 거라 저녁에 어머니 오민 발 씻을 물로. 그 다음에 대바지로 몇 번을 질단, 도저히 안 되크라. 그래도 또 시도를 했어. 신도 호끔(조금) 짚은(깊은)

거. 코고무신 말고 남자고무신, 검은 고무신 그걸 신언(신고서) 시도를 해봤지. 쪼꼼씩 물을 질어와지더라고. 경허멍 차차 어른이 되는 거주. 하하하.

옛날은 또 큰일[25]을 허젠하면 물을 질어간 거주. 부주라. 한 열댓살 되면 동네에 큰일 있다 하면 다 물부주해. 돈이 잇어게(있어야 말이지). 물부주는 안 허는 사람이 엇엇어. 큰일을 허젠 하면 다들 질어다줘. 집을 짓젠 해도 흙질을 허젠 하면 산듸짚(밭볏짚) 뿌리멍 벌겅헌 흙 파당 사람으로도 블르고(밟고) 소로도 블르고 하려면 물이 잇어사주(있어야지). 집짓는 집에도 다 물부주 해야지. 아니믄 집을 짓을 수가 엇주게. 송당에는 촐흑이(찰흙이) 많았어. 이제 생각하믄 그때가 인심은 좋았지.

그런 물은 낮이(낮에) 질고. 집이(집에) 물은 밤에 질고. 어린 때만 낮에 질지 어른 되어 열댓 살만 되면 다 밤에 질어. 낮에 일을 해야 되난. 밤에도 질고 새벽에도 질고. 어머니 밥하는 어간에도 한 허벅 질어 오고. 깜깜할 땐 초롱불 싸(켜). 막대기 영 질게시리(길게) 해 초롱불 쌍(켜서) 뎅겨(다녀). 옛날엔 초롱 소곱(속)에 무신 초가 있느냐게 등잔 놔. 등잔에 불 싸근에(켜서) 헷주. 달 좋으면 그냥 달빛에 질고.

우리 집은 샛송당인디 제일 가까운 오름은 당오름. 대물하고

25) 큰일: 결혼, 장례 같은 큰 잔치나 의례.

거슨세미. 지금도 이렇게 고운 물이 나고 있다.(사진/이혜영)

뒷내하고 그 물 엇어불면(없으면) 알친오름(안친오름) 강 질언. 게난 그게 나는물이라도 팡팡 나는 게 아니난 비왕(비 와서) 고인 때는 먹는 사람은 하고(많고), 팡팡 나오고 하진 않으니 재기(빨리) 강 질어오는 사람이 우선이지. 물 가물 때는 밤 되어사(되어야) 되여. 또 새벽에 두 시쯤 되면 물질레들(물 길으러들) 막 나사(나서). 가물민 물 놈이(남이) 질어가기 전에 질젠 허민 볽강(밝아서) 가민 안 되주. 밤이 강 보민 물이 둥당하게(둥둥) 낭이시메(나와 있어). 알친오름 질고 거슨세미[26] 질고 올르레기[27] 질고…. 오름마다 물이 나. 거슨세미하고 올르레기는 물이 많아. 멀어서 그렇지.

또 물은 동박낭(동백나무) 심거그네(심어서) '촘'이렌 해여 머리추룩(처럼) 따와그네(땋아서) 낭에(나무에) 무껑둬(묶어둬). 비올 때에

물이 더욱 귀한 중산간에서는 마당에 상록수를 심고 띠로 엮은 '춤'을 둘러 빗물을 받아 모았다. (사진/홍정표)

춤으로 해여 털어지는(떨어지는) 물을 항에 받아노민 몸 감을 때에 그거 써. 이제 생각해보민 물 질어먹는 거보다 그게 더 고운(깨끗한) 거 달마(같아). 밭에서 일하당 해 떨어지민 집이 왕(와서) 그때서야 불 숨앙(때서) 밥 헹 먹젠 하민 밤중. 강온(갔다온) 옷은 몬(모두) 밥허는 어이에(사이에) 또 빨앙(빨고). 옷도 집이서 빨지 못해여. 물에 가사주(가야지). 아이고 삶산디(삶인지) 죽음산디(죽음인지) 경허멍(그러며) 살앗지. 너나엇이 다 그추룩(그처럼) 사니까, 뭐 좋은 세상 알아샤(알았어)?

26) 거슨세미: 말굽형으로 벌어진 오름 기슭에 '거슨세미'라는 샘이 솟아난다. 보통 샘물의 흐름이 바다 쪽으로 향하는데, 이 샘은 한라산 방향으로 거슬러 나오고 있어서 거슨세미라고 했다. 물 이름이 오름 이름이 되었다.

27) 올르레기: 밧돌오름에 있는 샘 이름이다. 17쪽 지도 참고.

돈보다, 쌀보다
귀한 물

제주도의 물 사정은 한반도 육지와는 완전히 다르다. 강수량은 육지의 1.5배 정도로 풍부하지만 가벼운 화산회토는 물을 머금지 못해 땅속으로 스며들게만 했고, 많은 비가 내려 지표수가 넘치더라도 한라산을 중심으로 경사가 급한 지형은 물이 바다로 흘러내리게만 했다. 현무암층 아래로 흐르는 지하수는 우물을 판다고 나오는 것도 아니어서, 사람은 물이 나는 곳으로 찾아가야 했다. 그래서 제주도의 옛사람들에게 물은 너무도 어렵고 귀한 것이었다.

다행히 지하수는 바닷가에 이르면 땅 위로 솟아나왔다. 바닷가 마을에는 이런 용천수가 비교적 풍부해서 멀리 나가지 않아도 물을 구할 수 있었다. 제주도 사람들은 이렇게 땅에서 흘러나오는 물을 '나는물'이라고 한다. 하지만 중산간에는 '나는물'이 드물었다. 중산간마을 사람들은 빗물이 고이거나 조금씩 흘러나온 물이 모여 생긴 '물통'에 전적으로 의지해야 했다. 물이 지하로 스며들지 않는 우묵한 지형에 물통이 형성되었는데, 오름의 분화구가 큰 물통이 되기도 하고, 작은 굴이 물통이 되기도 하고, 물이 고이는 곳을 발견하면 사람들이 땅을 파고 돌을 쌓아 물통을 넓히기도 했다.

초가를 고치는 집에 물부주하는 동네 아낙들. 한 사람은 흙을 이기는 데 물허벅을 진 채로 물을 부어주고 있고, 한 사람은 뒤에서 기다리고 있다.
(선흘1리 부홍룡 제공)

물은 한정적이고 여기저기 흩어져 있어서 새벽 일찍 가야 가까운 물통에서 물을 뜰 수 있었다. 가뭄이라도 들어 가까운 물통들이 마르면 물을 뜨러 2~3킬로미터를 하루에 몇 번씩 오가야 할 때도 있었다. 그래서 부엌에는 커다란 물항아리를 2~3개 두어 물을 저장하고, 항아리가 비지 않도록 하는 것은 여성들의 무거운 의무였다. 여자아이들은 아주 어릴 때부터 어머니나 언니를 따라 물을 뜨러 다니기 시작해 평생 날마다 물허벅을 지고 물을 길었다.

제주 사람들은 이렇게 귀하고, 멀고, 어려운 물을 통해 돕고 나누는 문화를 만들어 왔다. 결혼잔치나 상을 치르는 집이나, 집을 짓는 집이 있으면 물 한 허벅을 지어와 그 집 항아리에 부어주고 오는 것은 이웃의 도리였다. 제주도 사람들은 이것을 '물부주'라고 했다. 이런 큰일을 치르려면 돈보다도, 쌀보다도 귀한 것이 물이었기 때문이다.

1970년대에 이르러 한라산 어승생댐을 비롯한 대규모 저수지가 건설되어 마침내 제주도에 상수도가 들어오게 되었다. 마을 공동수도가 중산간마을마다 설치되면서 대를 잇던 제주도 여성들의 물긷기 노동은 한 시대를 끝내게 되었다.

새 도둑놈은 도둑놈도 아니

띠 도둑놈은 도둑놈도 아니야

한번은 경숙이가 "저이 백약이오름 옆뎅이(옆) 막 청새[28] 조완(좋다고) 그거 놈들(남들) 말이 쉐(소) 끊어먹기 전이 가민 조앗져(좋다) 헴서(하네). 가게." 허는 거라.

경헹(그래서) 경숙이영 나영 둘이가 어머니한테 "그디(거기) 새(띠) 허레 감수다(갑니다)." 헤여단(해놓고) 갔주. 백약이오름을 다 둘러 나사난(나서니) 쉐가 꼭대기를 톡톡톡톡 다 먹어불언. 새는 꼭대기 먹어불면 아니되여. 꼭대기까지 쫑쫑 잇어사(있어야) 걸 비엉(베어서) 허민(하면) 사가지, 경 안 허민 사가지 않주. 게난 하나도 못 비언 걸어만 댕겨 돌아오게 되언. 겐디(그런데) 아이고 돌아오는 질에 정서장 하르방 밭에 보난 새가 막 매끈헌 거라.

28) 누렇게 쇠기 전의 초록색 띠.

"우리 저 정서장 하르방네 새 비어아졍(베어가지고) 돌아나불게(도망가자)."

그땐 새 도둑질하는 건 보통. 그래 막 비언. 흔짐 할만썩은 비언 치젠(털려고) 허노란에(하는데) 아니 정서장 하르방이 새왓에(띠밭에) 막 오는 거라. 허리 막 굽고 헌 하르방인데, 아이고 우리 그냥 튀연(튀었어). 새 사이로 설설 기멍 돌아부난게(도망쳐버리니까) 멀리서 봐도 심으레(잡으러) 오지 못허주. '중이굴'이옌 헌디 낭(나무) 트멍(틈)에 들어가 곱아부난(숨어버리니) 하르방이 촟아질 거라. 그 새를 당신 지어가단 못허고, 전화라도 잇이민 아시레(가지러) 오란 허지만 것도 아니되고 허난, 고만히 그 새를 지커는(지키는) 거라.

우린 그디서 고개 들렁 보민, "하르방 가불(가버릴) 때ᄁ정(때까지) 기다리자. 어두우면 갈테주." 헤그네 ᄀ만히 그디 누워 놀았지. 하하하. 어둑언 해가 떨어질랑말랑 허니 하르방이 가는 거라. 경허난 우리 둘인 부지런히 치언(털어) 묶언 지어 오젠 허난 해 떨어져분 거 아니. 재기(빨리) 오도 못허고 집ᄁ장 오노렌 허난 '동올레'옌 헌 목에 오는데, 아이고 도채비불(도깨비불) 본 거라.

불이, 새파란한 불이, 큰큰한(커다란) 등불이 둥글둥글 막 올라오는 거라. 난 경숙이신디(한테) ᄀ르으민(말하면) 놀래카부덴(놀랄까봐) ᄀᆮ지도 못해. 겁난. 보난 그 아이도 나신디(나한테) 말 안 허고 오는 거라. 그디서(거기에서) 집인(집은) 한 500미터밖에 안 되주.

경헹 들어오는디 골목 안트레(안으로) 거줌(거의) 들어와가는디 그 노무 큰큰한 불이 둥글둥글 우리 쪽드레(우리 쪽으로) 오는데 그게 몇 개로 쫙쫙 퍼지멍 귀 옆으로 씽씽 날리더라고. 주먹만씩 한 족은(작은) 불로 여러 개로 갈라져. 이 귀가 씽씽하게 막 날아. 경헤도 박박 털며 지어 온 거라. 올레[29]에 오난 그냥 들어앗안. 막 겁나네. 막 온몸에 땀 천지고. 들어앗안 막 울언(울었어). 어멍넨 어디 간 줄도 몰르고 찾아 나섬도 못하고 집에 있단, 내가 엉엉 울어가난, "아니 이노무 새끼야 인칙들(일찍들) 해 와야지 이 밤중까지 잇엇시냐!" 욕만 막 퍼 허는 거 아니라. 겐(그래서) 이젠 저녁헹 놔둔 거 먹고 헌 거라. 하하하.

29) 거릿길에서 대문까지 드나드는 골목.

청소년 시절

어른이

된다는 것은

낭밧 아니민 돈 나올 데가 엇어

육묘장 아니면 돈 나올 데가 없어

학교를 뎅기기는 헷주마는, 학교 다닌다는 건 말뿐. 비가 오는 날은 그래도 학교 가지는데, 날이 좋은 날은 못 가. 열다섯 살 넘어가난 낭밧(나무밭)일을 오죽 헷어. 낭밧일 어섯시민(없었으면) 그자락(그 정도로) 결석은 아니헷주게. 낭밧이엔(낭밧이라고) 헌 건 육묘장, 지금 방풍림하는 쑥대낭(삼나무), 소낭(소나무) 육묘장이라. 육묘장을 선흘도 쪼꼼(조금) 해나긴 했지만 송당은 돌이 엇이(없이) 땅이 좋아노난 육묘장을 하영(많이) 헤낫어. 밭들 빌엉 육묘장을 많이 헤노면, 김도준 씨라고 그 사람 덕에 송당 사람덜 살앗지. 밥 먹엉 살앗어. 아이는 20원을 주고, 어른은 40원을 줘낫어. 게난 우리가 한 여덟아홉 살만 되면 거길 가져(갈 수 있어). 학교 다닐 나이만 되면 거기 가. 거기 가민 낭을 요만썩(요만큼씩) 묶어. 1년생은 쪼끄만잖어. 경 톡톡 헹 놔두민 어른들은 그걸 심으멍, 앗아오렌(가져오라고) 하민 아이들이 갖

육묘장에서 일하는 허계생과 친구. (허계생 제공)

다드리는 거라. 애기들도 그건 허주게. 아홉 살만 되면 그걸 하는 거라. 한 달 되면 월급을 줘어.

우린이(우리는) 경(그렇게) 엇이(없이) 살아도 놈의 돈 빗져 살진 않았주. 뭐 빗져주지도 않았지. 이녁양으로(자기대로) 노력을 헹 산 거라. 노력을 풀민(팔면서) 살고, 그날 벌어 그냥 먹고. 낭밧 아니민 돈 나올 데가 엇어. 이건 안정되어. 이것도 우깨도리[30]를 허여. 심는 거, 한 자당 얼마. 많이 싱근(심은) 사람들은 많이 받는 거주. 그 돈이 족은 돈 아니랏어(아니었어). 학교 못 뎅긴 건 거의 낭밧일 따문이지. 열 서너 살 되민 우깨도리 낭을 심을 줄 아는 거주. 골갱이(호미)로 요만썩 한 거 심는 거난 힘들지 안 허주게. 줄 꼬~짝하게(곧바르게) 심는 거라. 줄이 틀어지면 안 되는 거라. 그 벌이를 하영(많이) 헷주. 낭밧일은 여름꼬지만 헤여. 검질(잡초) 메고 심그고.

30) 일한 만큼 품삯을 주는 방식.

제주도의 녹화사업

제주도 풍경을 바꾼 나무들

전 국토의 70%가 산지인 한반도는 예로부터 산림이 울창했지만 조선 후기에는 인구 증가와 소금 생산량 증가로 땔감의 수요가 급증해 나무가 고갈되기 시작했다. 이에 산림법이 제정되고, 대규모 나무 심기가 이루어지기도 했다. 일제강점기에도 조선총독부에 의해 묘목을 기르고 나무를 심는 정책이 시행되었고, 해방 이후에도 녹화사업은 계속되었다. 하지만 도심 주변의 산은 여전히 붉은 민둥산이었다. 박정희 정권이 들어서며 1960년대 중반부터는 석탄으로 연료를 전환하는 에너지정책과 함께 강력한 산림정책이 시행되었고, 1970년대에 이르러 산은 녹색으로 빠르게 바뀌어 갔다.

이런 흐름에 발맞추어 제주도에서도 녹화사업이 시행되었는데, 특히 일제는 제주도에 자원으로 활용할 목재생산을 추진했다. 본문에 등장하는 김도준은 해방 전후 이런 육림(育林)과 조림(造林)에 필요한 묘목을 생산하는 양묘(養苗)사업에 중요한 인물이다. 김도준(1913~1974)은 구좌읍 하도리 사람으로 구좌면사무소 서기 등 공직생활을 하다가 1940년 공직을 그만두고 양묘사업에 뛰어들어 큰 성공을 거두었다. 해방 후에는 정치인이 되는데, 자유당 소속으로 1952년 초대 제주도 도의원으로 당선되었으며, 이후 도의회 의장까지 지냈다.

녹화사업은 한반도에서는 홍수를 막고, 수자원 보유와 경관을 호전시키는 긍정적 영향을 끼쳤다고 할 수 있지만, 제주도에서는 상황이 달랐다. 제주도는 전통적으로 중산간의 오름과 들판은 소와 말을 기르는 방목지였다. 해충을 구제하고 초지를 유지하기 위해 봄이 오기 전에 오름과 들에 불을 놓았다. 숲의 영역은 곶이었다. 이것이 제주도의 원풍경이다. 또한 화산섬인 제주도는 비가 와서 땅이 무너지는 일은 일어나지 않는다. 그런데도 육지와 똑같은 방식의 녹화사업으로 오름은 소나무와 삼나무 위주의 인위적인 나무숲으로 변해왔고, 제주도의 원풍경은 사라지고 단조로운 외래종 식생이 제주도 생태계를 변화시키게 되었다.

김발 되는 새, 지붕 되는 새

김발 되는 띠, 지붕 되는 띠

음력 8월이 되민 청새를 비어(베어). 억새 닮은 파랑헌 새(띠). 그 새를 이젠 또 비는 거라. 이만큼한 새를, 거의 우리 키만큼한 새를 파랑한 때 비어 다 치민(털면) 깨끗해영. 옛날엔 그게 김발로 나가. 그게 완도로 나갔어. 아마 송당이 제일 많이 한 거 달마(같아). 완도 가면 김발로 나가 그게. 것도이(그것도) 누린 색깔이 들 때 되면 끝나버려. 새가 절대 이슬 맞아도 안 되여. 쫑쫑 잘 말아져사(말아져야) 일등품이 되여. 등외품이 되면 돈이 즉아(적어). 어둑어가면 그거 헤당(해다가) 몬(모두) 널어 허여뒹(해둬). 어떤 날은 학교 강왕(갔다와서) 이거 다 치여(털어) 안트레(안에) 들이고.

어머니 밭디(밭에) 가면 안 보여서 와. 밭이 다 멀주. 촐밭도[31](꼴

31) 촐밭: 꼴을 기르는 밭. 제주도 사람들은 소가 겨우내 먹을 꼴을 밭에서 길러 준비했다. 논농사를 짓지 못하니 볏짚이 생산되지 않는 까닭이다.

밭도) 멀고 새 비레(베러) 간 밭도 멀고. 오다보면 아홉 시, 열 시, 열한 시. 고사리 꺾으러 간 때는 열한 시도 되여. 그 새 빌 때도 한 짐만 비어왐샤(베어오냐)? 한 서너 짐 비어 중간에 부려뒁 또 강 지어오고. 허당 보민 길에서 시간이 다 가는 거라. 겨난(그러니까) 등이 다 벗어져.

오름 굼부리(분화구) 같은 데 강 헹 오당 보민 등어리가 막 벗엉. 겨울에 집 일 새를 할 때는 날이 바싹 어난(추우니까) 애를 덜 먹주게. 8월에 청새 헐 때쯤은 더워노난 그거 지어아져(지어가지고) 부려뒁(부려두고) 또 지러 갈 때는 할강할강(헐떡헐떡) 막 해져. 경허멍도 어떵해 등으로 몬(다) 지어오주. 옛날 어른들은 경(그렇게) 등으로 짐만 지고 경 밭에 일만 하고. 쪼그만한 때부터 물 질고, 비오민 물똥버섯 하영 해오고, 탈도(딸기도) 타레(따러) 다니고. 주전자로 탈을 얼마나 하러 댕겼는지 몰라. 탈을 양석처럼(양식처럼) 먹었주게. 그때는 간식이 없는 때난게, 그보다 맛좋은 게 어디셔(어디 있어). 보리탈[32](멍석딸기) 끝나가면 한탈(나무딸기) 타레 한라산 거줌(거의) 가는 데 막 높은 디로 가그네(가서) 한탈 타 아져와(가져와) 먹고.

32) 보리를 벨 시기인 5~6월에 붉게 익는 멍석딸기를 제주도 사람들은 보리탈이라고 했다.

1년 내내 베끝에서만(바깥에서만) 살아도 다리 데와져(비틀어졌어) 하는 사람도 안 봐졌어. 어디 아팡(아파서) 집이 앗아(앉아) 노는 사람을 못 봤어. 이제 생각하면 옛날 어른들은 약도 아니 먹고, 어디 강 물리치료 한번 아니 받아도 다리가 아픈 사람이 없었주. 이제 좋은 세상 되었는데 왜 이추룩(이처럼) 아픈 사람이 많은지 모르커라(모르겠어). 오십 넘어가면 다들 다리 아프덴. 것도 참 이상한 일이라.

아무튼 청새를 지어오면 깨끗하게 치영(털어서) 지어오주게. 버릴 거는 집에 가져올 필요가 없네. 무거우니까. 경헹 이젠 그걸 너는 거라. 처음에는 퍼렁하게시리(퍼렇게) 그냥 널어. 그게 이틀쯤 되어 거의 시들민 꼭대기 쪽으로 요만큼씩[33] 짝 무껑(묶어서), 가지고 다니기 좋게. 부채처럼 쫙 페영(펴서) 널고 저녁이 되면 그걸 다 들이는 거라.

그 청새도 끝날 거 아니가. 그 새가 누렁해지면 집 일 새가 되는 거라. 지붕 일려고 또 비어오는 거라. 낫인(낮에는) 거기서 비엉 널어 믈류왕(말려서) 호끔(조금) 시들시들하면 또 치영 지어 오는 거라. 경허고 짧은 새 잇이민(있으면) 꼭대기 쪽으로 심엉(잡고) 호

33) 두 손에 쥐어질 만큼씩.

미로(낫으로) 쫙하게 비면 아래건 털어져버릴(떨어져버릴) 거 아니라, 곳인거. 그건 '각단'이렌 해. 그건 줄 놀(놓을) 거. 집줄[34]. 그건 ᄠᆞ로(따로) 다 묶어와. 그건 ᄆᆞᆯ룹지(말리지) 아니헹. 이파리 쪽으로만 비주게. 아래 건 안 비어. 줄 놓젠 허민 부드러워야 되난. 묶어 톡톡 세와 내불민(놔두면) 지대로(저절로) 쪼끔 말라. 그건 썩거나 하진 않주. 겨울이난.

34) 집줄: 초가지붕을 이은 다음 바둑판처럼 얽어매는 줄.

새(띠)의 쓰임

지붕이 되고, 비옷이 되고, 덮개가 되고

제주도 사람들의 옛 삶에서 빠질 수 없는 것이 '새(띠)'다. 육지에서 띠는 그 어린 순을 '삘기'라고 해서 아이들이 뽑으며 먹고 노는 것 정도로 여기지만 제주도에서 새는 밭에서 기르는 작물이었다. 새는 초가지붕을 덮는 재료이기 때문이다. 제주도의 집은 대개 안거리, 밖거리 두 채로 이루어져 해마다 한 채씩 낡은 지붕을 새로 이어야 했다. 육지는 가을이면 넉넉한 볏짚으로 지붕을 이면 그만이지만 제주도는 벼농사가 어려워서 따로 새농사를 지어야 했다. 하지만 가난한 집이나 경지가 부족한 마을에서는 새왓(띠밭)을 마련하기 어려운 경우도 많다 보니, 들판에 저절로 자란 새를 뽑으러 다니거나 남의 새왓에서 새도둑질을 하는 일도 예사였다. 그래서 새왓이 넓은 집은 가을이면 정서장 하르방처럼 새왓을 지키러 다녀야 할 정도였다.

새왓이 넉넉한 집은 부잣집이었다. 아무리 가난한 집이라도 비가 새는 지붕 아래 살 수는 없으니 부잣집에 품을 팔면 그 값으로 새를 받아오기도 했다고 한다. 새는 지붕 말고도 비옷인 우장을 엮고, 쌓아놓은 곡식을 덮는 이엉

인 '노람지'와 그 꼭대기에 지붕처럼 씌우는 '주젱이'를 엮는 데도 쓰였다. 또 바닥에 까는 '초석'과 칸막이나 비바람을 막는 '뜸' 또한 새로 엮었다. 그만큼 새는 방수성이 뛰어나고 가벼웠다.

이렇게 누렇게 마른 새를 여러 용도로 사용하는 것 외에도 새파란 '청새'는 김을 떠서 말리는 김발의 재료로 제격이었다. 제주도 청새는 인기가 높아 플라스틱 김발이 나오기 전까지는 완도 등지로 팔려나갔다.

새(띠)로 노람지를 엮어 두르고 주젱이를 엮어 씌운 눌(왼쪽)과 우장(비옷)을 입고 소를 돌보는 테우리(오른쪽). (사진/왼쪽 제주학센터, 오른쪽 홍정표)

장낫으로 촐 비어 눕지멍

벌낫으로 꼴 베어 눕히며

한번은 처음으로 촐(꼴)을 묶으레(묶으러) 갔는데, 장터랜(장터라고) 하는데 가신디 장터가 목장이라. 아침 새벽에 어머니가 "걸라(가자), 오늘은 촐 묶으레 가야 할 거난." 허는 거라. 촐을 어떵사(어떻게) 묶으는지도 몰른(모르는) 때주게. 10키로 넉넉할 거라. 깜깜한데 걸엉가도 붉으지(밝지) 아니하난 어머니가 주먹밥 싸간 걸 이거 먹으라 하니 깜깜한 데서 그냥 쥐여(쥐고) 먹언.

촐로(꼴로) 씰(쓸) 억새를 음력 8월에서 9월ᄁᆞ지 비는데, 큰 낫이 있어. 장낫[35]으로(벌낫으로) 남자들이 좍좍 비어낭(베어놓고) 내불민(놔두면) 억새라노난 잘 물르단(마르지도) 안 해. 근데 어머니가

35) 장낫: 벌낫. 자루가 길고 큰 낫. 서서 휘두르며 억새 따위를 벤다.

촐께[36]를(매끼를) 싹 둘르멍 "영헹(이렇게 해서) 묶으라." 허난, 야~ 밤에 이슬은 발탁허게(흥건하게) 내리난 억새가 낮엔 영 몰라졌단도(말랐다가도) 밤엔 물 가부난(가니까) 다 살아난 거라. 게난 어느 생전 돌리지도 않아본 촐께를 영 돌리는데, 손에 장갑이 이샤(있어) 뭐가 이샤 그냥 영 허젠 하난, 손 짤라지젠(찢어지려고).

"어머니, 난 못하크라(못하겠어). 못하크라." 경헤도,

"꼭 잡아산다(잡아야 한다). 살하게시리(살살) 잡으민 손이 짤라지난 꽉 잡앙 허라."

겁난 걸 어떵(어떻게) 잡느니게(잡겠어). 아이구 죽지 못하난 어떵 허나. 잡으라 허난 명령이지. 암만 생각해도 우리 어멍 담질(엄마 같질) 않아. 어떵 나혼자 가덜(가지도) 못하고 어머니랑 같이 내려 가살거(내려가야 할 거) 아니가. 이것도 우깨도리라. 그거 우리 것도 아니고, 우깨로 빨리 묶으민 돈을 뭇[37]당 얼마를 받는 거라. 우깨는 많이 묶으면 많이 받는 거라. 게난 어린아이라도 데령 간 거주.

경헹허난 어둑도록 같이 해 왔주. 잘했든 못했든. 그게 개인 꺼면 애들이 헌 건 잘 못했젠(못했다고) 허주마는 어째든 모두와만지면(모아만지면) 되여. 또 누는(쌓는) 사람은 따로 잇어. 그 사람들도

36) 촐께: 매끼. 짚 따위를 묶는 끈.

37) 뭇: 곡식 단을 세는 단위. 어른이 두 손으로 꽉 차게 쥐어지는 정도의 묶음이다.

장낫(사진/고광민)

몇 바리[38] 눌면 얼마. 우린 한 바리가 마흔 뭇[39]이라. 그 숫자대로 돈을 줘. 경헹 어둑어 오난, 그날부턴 어른 행세를 해살 거주(해야 할 거지). 매날(매일) 데령가. 하하하. 촐은(꼴은) 두 달 하면 더 아니혀. 촐은 속이 누래져버리면 소가 안 먹어. 맛이 엇어. 그때는 억새도 쉐촐을(쇠꼴을) 했지. 이제추룩(지금처럼) 목초여 뭐여 그런거 엇어. 곡석찜(곡식 짚) 아니면 먹을 게 없주. 그거 아니면 다 억새지.

열일곱 열여덟 되여서는 나도 이제 장낫으로 촐을 비엇어. 힘대가 좋앗주. 남자보다 나가(내가) 더 비어. 남자들은 낫 골민(갈면) 앉아둠서(앉아서) 말 곧고(얘기하고) 담배 피고 허는디, 난 점심도 뚝딱 먹엉 그 남자보다 더 비젠(베려고) 노는 시간도 엇이 계속 비는 거라. 그것도 우깨도리라.

장낫이 길쭎어. 날이 이만해. 그걸루 서서 비는데 밑으로 착착 오른쪽으로 반 비어놓고 왼쪽으로 반 비어 걸 뒤집어. 탁 뒤집을 때 이디(여기) 하나라도 안 빈 게 잇이민 거기 걸어져(걸려) 뒤집어

38) 바리: 소 등에 실을 수 있는 짐의 양을 이르는 단위.

39) 뭇: 짚, 장작, 채소 따위의 작은 묶음을 세는 단위. 보통 어른이 두 손으로 쥐어질 정도의 양이다.

장낫으로 촐을 베고 있는 성읍리 사람들. (사진/이혜영)

지지가 않고, 또 뒤에 촐 묶으는 사람이 손 비어. 안 되여. 그게 코찡허게시리(가지런하게) 다 잘라져야 되지. 그래야 뒤에 사람이 모두왕(모아서) 묶기가 좋지. 다 묶어 나면 그 조름에(뒤에) 또 눌(가리)누는(쌓는) 사람이 마타와(맡아서 와). 몇 바리 묶으면 얼마. 그래도 묶는 거보다 비는 게 돈이 더 많았지. 그래 장낫으로 빔만(베기만) 헷지. 베리지(보이지) 못 할 때꺼정 다 비왕(베고) 왁왁한데(깜깜한데) 집이(집에) 걸엉 오는 거주. 시집오도록이 진짜 난 이 우깨도리만 해 다 벌었어. 경허멍 먹고산 거라.

촐 다 끝나민 검질[40]이나(잡풀이나) 새를(띠를) 비는데, 오름 꼭대기에 강(가서) 새를 비민 더 지영(지어서) 내려오젠 하민 힘들어 못 견디난(견디니까) 막 묶엉 둥그려(굴려). 오름 굼부리에(분화구에) 새가 좋은 디가 많아. 그 굼부리에서 허민 내치젠(내치느라) 고생해도 그 우트레(위에) 꼭대기꺼정 올려노민, 이제 챙챙 묶어 밑으로 둥그리민 되지. 지금은 낭들(나무들) 다 잇어도 그때는 엇엇주게. 쇠 멕여불고 촐 빌 걸로 허영 계속 불붙여불고[41]. 계속 불붙였어. 게민 그거 탕탕탕탕 아래꼬정 둥굴려온 걸 집이(집에) 지어오는 거라. 검질도 비민, 우린 당오름 검질 잘 비어낫져(베었었어).

40) 검질: 앞에 나온 검질은 밭에 나는 잡초를 뜻했는데, 여기서는 땔감용 잡풀을 말한다.

41) 소에 붙는 진드기를 구제하고 목초지를 유지하기 위해 늦겨울에 들판이나 오름에 불을 놓았는데, 이를 '방에 붙인다'고 한다.

당오름은 그때 소낭을(소나무를) 싱거놧어(심어놓았어). 소낭까지도 더러 끊어놓고 허멍 검질을 비엇주. 어웍이(억새가) 잘 커. 불을 안 붙여노난. 불을 못 붙이주, 가름(동네) 가까와부난(가까우니까). 계속 비어. 가실(가을) 들어가민 불 땔 거 함으로(불 땔 용으로).

눈 올 때 돼가민 쇠똥 강(가서) 뒤집어사(뒤집어야) ᄆᆞᆯ라(말라). 가실(가을) 거 다 두들이고[42] 들여놓당 보민 눈이 오주게. 쇠똥을 삭삭 되쌍놔사(뒤집어 놔야) 굴묵[43]진을(아궁이 땔) 똥을 줏어오주. 말똥은 되쓰지(뒤집지) 않아도 잘 말라. 겐디 쇠똥은 뒤집지 않으면 아래 껀 젖어. 골갱이(호미) 앗아가그네(가져가서) 확확 뒤집어 놧다그네 가망이나(가마니나) 멕에(멱에) 지어와. 경행(그렇게 해서) 굴묵에 겨울내 때젠 허민 속박허게시리(소복하게) 담아놔둠서(담아놔두고) 그걸로 굴묵 때주게. 그걸로 불치[44] 허민 더 걸주게(기름지지). 정지에서 나온 재허고 굴묵에서 나온 재허고 서껑(섞어서) 불치하고. 경허멍 살아왓어.

42) 두들이고: 곡식 낟알을 떨구기 위해 도리깨로 내리쳐 두드리는 도리깨질을 말한다.

43) 굴묵: 난방만을 위한 아궁이. 제주도의 전통 가옥은 난방과 취사가 분리되어 있다. 취사를 위해서 정지(부엌)에 따로 '솟덕'을 마련했다.

44) 불치: 재거름. 메밀농사에는 재거름이 들어가야 수확이 좋기 때문에 제주도 사람들은 1년 내내 재를 모았다가 메밀농사에 썼다.

소와 촐

소 없이도 안 되고, 촐 없이도 안 되고

'새' 베기만큼 중요한 가을 일거리는 '촐' 베기였다. 촐은 소를 먹일 '꼴'이다. 서리가 내리기 전에 부지런히 베어내야 영양가 높은 촐을 마련할 수 있었다. 서리를 맞으면 촐의 생장이 끝나고 뿌리로 힘이 내려 잎의 양분이 다 빠져버린다. 제주도는 예로부터 육지에 비해 소를 기르는 비율이 높았는데, 60년대까지지도 집집마다 소를 기르지 않는 집이 없을 정도였다. 그런 배경에는 밭농사 중심인 제주도에서 땅을 갈고 거름이나 곡식을 운반하는 일이 육지에 비해 더 많기도 했거니와 소똥을 거름으로 만드는 것도 중요했기 때문이었을 것이다. 제주도 사람들에게 가장 중요한 보리농사는 거름 없이는 지을 수 없었기 때문에 집집마다 돼지를 기르고 소를 길러 그 똥을 모아 부지런히 거름을 만들어야 했다.

봄부터 초겨울까지는 소를 산야에 풀어놓고 길렀다. 주로 청명(4월 5일경)이 기점이 되었는데, 추위가 물러간 지는 오래지만 청명이 되어야 소가 뜯을 수 있을 정도로 풀이 자라기 때문이었다. 소는 아래턱에만 이빨이 있어 풀을 끊어 먹지 못하고 혀로 감아 말 그대로 뜯어먹는다. 청명이 되어야 비로소 산야의 풀이 소가 먹을 만하게 되었다. 그리고 소설(11월 22일경)이 되면 다시 외양간에 매어놓고 겨울을 났다.

그 많은 소들을 방목해야 하니 제주도 중산간 대부분 지역은 방목지였다. 밭으로 일군 땅, 돌무더기 위에 자란 나무들의 숲인 '곶'을 제외하고는 들판도 오름도 거의가 방목지였다. 대대적인 녹화작업을 시작하기 전인 1970년대 초반까지 제주도의 풍경을 상상해보면 보리밭, 메밀밭 뒤로 뼈대를 드러낸 산야가 미끈하게 굴곡지게 펼쳐지고 그 위로 눈 닿는 어디에나 풀을 뜯는 소들이 보였을 것이다.

풀들이 시들고 눈이 내리기 시작하면 소를 외양간으로 들여야 한다. 겨울 동안 소를 먹일 양식을 마련하기 위해서 촐을 촐왓(꼴밭)에서 재배했으며, 가을이면 촐을 베느라 온 마을이 분주했다. 육지에서는 볏짚을 겨우내 먹였지만 벼농사를 지을 수 없는 제주도에서는 꼴을 따로 재배하는 수밖에 없었다.

취사를 위한 정지(부엌). (사진/홍정표)

난방을 위한 굴묵.(사진/홍정표)

수눌엉 밭갈고 수눌엉 검질 매고

품앗이로 밭갈고 품앗이로 김매고

오빠는 결혼해 살아불고 허난 나중에는 우리만 농사해연(농사했어). 오빠가 ᄀ치(같이) 살 땐 밭이라도 갈아줘신디, 각시랑 사니까 그게 마음대로 안 되여. 경허난 우리냥으로(우리 힘으로) 사름(사람) 빌어 허젠 허민, 돈이랑 엇인 때난(때니까) 밭을 천 평 정도 갈민, '다섯 놈의 역'의(다섯 사람 몫의) 일을 해줘야 해. 검질을(김을) 매주난(매주거나) 빔질을(베기를) 헤주난(해주거나). 즈은(작은) 밭 갈면 며칠 해주기로 계산을 미리 해가. 경헤그네 어머니도 강 허고 나도 강 허고 그걸로 밭갈아준 품 갚고.

용시도(농사도) 허젠허민 옛날엔 비료가 어신 때난 쉐(소) 헤여그네 '바령[45]'을 해. 천평이면 천평 밭에 "스무날 제와줍서(재워주

45) 바령: 농사를 쉬는 땅에 마소를 밭 안으로 들여 똥을 누게 하고, 그 똥이 거름이 되게 하여 땅을 기름지게 돋우는 일.

세요)" 허면, 테우리[46]가 쉐 데령 제와. 경헹 제와나사면(재우고 나면) 그 밭을 갈아 한달 너머 두어달 뜸을 들여. 갈아엎으민 풀이영 똥이영 섞어질 거 아니가. 경헤그네 그걸 곰베헤여그네(곰방메를 가지고) 팡팡 두드령 또 밭을 갈주. 그걸 무사(왜) 두드리는고 하면 땅을 갈아엎으민 딱딱한 것이 일어나 덩어리져. 그걸 쉐시렁으로도(쇠스랑으로도) 두드리고 곰베로도 두드리고 헤영 밭 또 갈아 씨를 들이치주게(넣지). 보리 갈 때나 산듸(밭벼) 갈 때 경허영(그렇게 해서) 허민 곡석이 잘 되여. 그런 거 다 허면 어른이주게. 남자여 여자여 그런 거 엇어.

씨 뾰족뾰족 해가면 검질은(잡초는) 벌써 오꼿(빨딱) 다 올라와. 그 모종이 준준헌(자작할) 때부터 검질을 매사주(매야지). 검질광(잡초와) 씨가 같이 커노면 검질이 곡석(곡식) 더꺼부난(덮어버리니까). 재기(빨리) 매지 않으민 몬(전부) 더꺼지난. 검질 매젠 허민 몬 수눌엉(품앗이해서). 훈 멍에에(밭머리에) 앚지는(앉히는) 거 보면 열도 되고 다섯도 되고 설나문도(서른 남짓도) 앚지고. 그추룩 헤그넹에(해서) 큰밭에는 수눌멍. 훈 무을에 훈두 집이 곡석이라도 주어그네(주어서) 사람 빌어 검질 매고 헷주. 경 아니민 몬(모두) 수눌멍 허주. 검질은 또 훈번만 매여? 세불(세 벌) 네불 다섯불끄지도 매여. 경허당(그러다) 곡석이 커가면 조팟디고(조밭이고) 산듸밧디고

46) 테우리: 소나 말을 들에 풀어 돌보는 사람.

(밭벼밭이고) 야개기(목덜미) 박박 훌터(훑어서) 피 잘잘 나. 곡석 섶으로(잎으로) 후려불민 막 아프고. 볕은 짱짱 나니까 패랭이 쓴 사람, 삿갓 쓴 사람. 그추룩(그렇게) 허멍 그 검질을 매주.

겐디(그런데) 신도 못 신게 허여. 나는 신고정(신으려고) 해도 어멍이 욕하주. 신 헐어분댄. 경허민 다 벗어 벌겅헌 발에 매젠 허민 벳은(볕은) 사뭇 바삭바삭 부서지게시리 나는디 발창도(발바닥도) 바삭바삭 되불주.

아침에도 해도 트기 전이(전에) 일어나민 밭에 가고, 무슨 쉬는 시간이 잇어. 점심으로 차롱에 밥 싸아정(싸가지고) 가주. 물외냉국이나 하고, 콩잎이나 박박 튿어(따서). 콩잎 아니민 멜순[47]이랜 해여 올라가는 줄 잇어. 그거 그차다그네(끊어다가) 소왁소왁 씹어 먹고. 된장에 해영. 된장이 반찬이주. 어떵허당 소망일민(운 좋으면) 마농지시(마늘장아찌)나 놈삐생기리(무말랭이) 지시(장아찌) 허주. 짠짠한 장에 생기리 놔그네(놓고) 지져도 그것도 하도 맛좋고, 지시 해영(해서) 지시 담앙 가민 그거 짠짠하난 생기리 하나면 밥 댓숟가락 먹주. 해가 떨어지도록 허당(하다가) 해가 딸깍 떨어져야 집이(집에) 오주.

우리동네는 산듸고(밭벼고), 모물이고(메밀이고), 피고, 맛좋은 쌀만 해낫어(했었어). 근데 그 맛좋은 쌀을 우리가 지면(지으면) 먹어

47) 멜순: 밀나물의 새순.

야 될 거 아니가. 근데 우리가 그걸 먹지를 못해여. 그거 가실이(가을이) 들면 도깨로(도리깨로) 다 털어노민 구루마에(달구지에) 시껑(싣고) 바꾸러 가. 해변에. 해변 사람들은 보리하고 조만 갈아. 이 산듸, 모물, 피, 좋은 쏠을 보리나 조로 바꾸레 가. 산듸쏠 하나에 좁쏠을 두 말 주네. 곱을 줘. 거긴 곤쏠이(흰쌀이) 잇어야 식개(제사) 할 거 아니가.

송당이 보리는 잘 안 되여도 알송당엔 보리 되는 밭이 잇엇어. 한 해엔 그 보리가 됐는디 비가 비가 계속 오는 거라. 옛날엔 장마가 경(그렇게) 오래 졌주게. 보릴 비는 날부터 그놈의 비가 옴을 시작허난, 계속 오난, 이제 우트레(위쪽에) 강(가서) 담에 막 걸쳐. 호꼼이라도(조금이라도) 먹젠(먹으려고) 허난. 아랫 건 다 싹이 바짝 나불고, 위에 건 아멩해도(아무래도) 아래 거보단 덜 나주. 흙이 안 묻어부난. 담에 다 걸쳐놔도 담에서도 과짝(수북이) 난. 그해엔 먹을 것도 없고 허연(해서), 용신(농사는) 다 썩어부난 어떵헐 거라.

우리 어머닌 그걸 아사놘(가져다 놓고) 고고리를(이삭을) 홀타(훑어), 손으로 홀타. 손으로 다 끊은 거라 찰찰. 다 썩어부난 보리클[48]에 헐 정도가 아니라. 손으로 홀타놔 솥두껭이에서(솥뚜껑에서) 데우면 호꼼(조금) 므를(마를) 거 아이가. 호꼼 뜸들어 그게 스

48) 보리클: 보리 낟알을 떠는 농기구. 머리빗처럼 생긴 살 사이로 보릿짚을 훑어 낟알이 떨어지게 한다.

삿갓을 쓰고 검질(잡초) 매는 여인들. 뒤에는 광목을 드리워 그늘을 만들고 애기구덕에 아기를 눕혀두었다.(사진/홍정표)

락지면(보송해지면) 그걸 막 밀어. 방앗간에 앗아갈(가져갈) 것도 없고이, 어머니가 그걸 손으로 영영영영(이렇게 이렇게) 부변(비볐어). 그 쏠이 쭌쭌훈(홀쭉한) 쏠이(쌀이) 나오니 그걸로 밥을 한 거라. 밥을 헌디, 밥산디(밥인지) 풀산디(풀인지) 그냥 는달는달(는적는적) 허더라. 경헌(그런) 거 어머니가 한 땐가 두 땐가 해줘신디, 그거 먹어난 기억이 잇어. 그런 해도 잇어라.

수눌음

누구든 땀흘려 일해야 먹고살 수 있는 사회

수눌음은 제주도식 품앗이라 할 수 있다. 집중적인 노동이 필요하거나 힘든 일을 할 때 비교적 소규모의 이웃들이 함께 일하고 그 품을 다시 노동으로 갚은 노동교환 방식이다. 보리밭의 김을 맬 때, 밭을 갈 때, 조밭에 씨를 뿌리고 땅을 밟는 '밧불림'을 할 때, 초가지붕을 일 때, 소를 돌볼 때 등 농사 외에도 다양한 일에서 수눌음은 일어났다. 일을 잘하는 사람, 서툰 사람의 차등을 두지 않고 하루치 일을 'ᄒᆞᆫ 놈의 역'으로 셈해 김매기는 김매기로 갚았다. 다만 등가가 다른 노동에 대해서는 "소로 밭을 하루 갈아주면 밭 주인은 소 주인에게 3일치 김매기를 해준다."는 식의 노동교환 기준이 있었다. 포용적인 노동교환 형식이지만 그 주고받음은 매우 엄격히 지켜졌다. 수눈 값은 반드시 수눌어 갚아야 하는 것이다.

"ᄒᆞᆫ ᄆᆞ을에 ᄒᆞᆫ두 집이 곡석이라도 주어그네 사람 빌어 검질 매고 헷주. 경 아니민 몬 수눌멍 허주." 하는 이야기처럼 1960년대까지도 제주도에서는 먹고살 곡식을 충분히 생산하는 집이 드물었으며, 수눌음은 돈이나 곡식으로 품값을 댈 수 없는 농경사회에서 자연스러운 협력적 노동방식이었다는 것을 헤아릴 수 있다.

하지만 제주도 '수눌음'은 '품앗이'에 비해 더 다양한 방식으로 이루어졌으며, 마을공동체에서 차지하는 비중도 더 높았다. 그것은 제주도의 자연환경과 농업환경이 한반도와는 많이 다르기 때문인데, 화산섬 제주도의 땅은 돌투성이에, 토질은 험악하고, 논농사는 되지도 않고, 거친 땅을 일구어 밭농사만으로 먹고살아야 하니 힘을 합쳐 해야 할 일의 목록이 끝이 없는 것이다. 제주도의 이런 환경에서는 조금 부자든, 조금 가난하든 차이는 있을지언정 '대지주'가 존재할 수 없었다. 누구라도 땀흘려 일해야 먹고살 수 있었다는 것이다. 역설적이게도 그래서 제주는 평등한 땅이었고, 척박함은 서로를 돕고 서로에게 기대는 삶의 방식과 심성이 공동체의 문화로 싹트는 배경이 되었을 것이다.

보리에 의지해 살아온 사람들

벼농사가 어려운 제주도에서 사람들은 보리와 조에 의지해 살아왔다. 그 중에서도 보리는 목숨이 달려 있다 할 만큼 가장 중요한 곡식이었다. 그런데 척박한 화산토에서 보리농사는 만만한 일이 아니었다. 거름을 넉넉히 하지 않으면 보리 이삭은 제대로 영글지 않았기 때문에 제주도 사람들에게 거름을 마련하는 일은 생존이 달린 일이었다. 그런 까닭에 집집마다 '돗통시'를 마련해 돼지를 기르며 그 똥으로 거름을 만들고, 소의 똥으로 거름을 더하고, 해안마을 사람들은 해조류를 걷어 거름을 마련하며 보리밭을 기름지게 하려고 안간힘을 썼다.

그렇게 거름에 공을 들이고, 김매기에 공을 들이고, 먹을 것도 떨어져 배도 곯으며 보리가 익기를 기다렸다. 겨우내 자란 보리가 5월이면 누렇게 영글었다. 온 가족이 매달려 보리를 베고 나서도 말리고, 타작하고, 껍질을 벗기고, 다시 맷돌에 갈아 쪼개어 밥을 해 입에 넣기까지 노동의 여정은 고되고 길지만 '고팡'(고방)에 그득 쌓인 보리에 마음이 놓였다.

'보리클'에 훑으며 탈곡하는 여인과 도리깨로 두드려 탈곡하는 여인들.
(사진/홍정표)

제주도의 밥은 기본이 보리밥이었다. 여기에 흰쌀을 섞으면 반지기밥, 톳을 넣으면 톳밥, 콩을 넣으면 콩밥이 되었다. 또한 보릿가루를 내어 보리떡, 보리돌레떡, 보리상웨떡 등을 만들어 제삿상에 올리고, 볶은 보릿가루로 만든 미숫가루인 '보리개역'과 보리밥이 쉬면 만들곤 했던 음료인 '쉰다리'는 제주도 사람들이 사랑하는 간식이다.

7년 동안의 4·3사건을 겪은 제주도 사람들은 이제는 돼지도 먹지 않을 '보리체(보릿겨)'를 먹으며 모든 것이 불타버린 삶을 일으켜 세웠다. 하지만 송당은 보리농사가 어려운 땅이었다. 송당에서 보리를 대신한 것은 '피'였다.

피농사 지으멍 생이 잡으멍

피농사 지으며 새 잡으며

옛날 대부분 쎈밧[49]은 다른 용시가(농사가) 안 되여. 새밭들은(띠밭들은) 초봄 나가면(되면) 몬(모두) 불 붙여그네 그걸 쉐로 잠데(쟁기) 해그네 벳바령[50] 갈면 흙벙뎅이(흙덩이) 그게 줄로(줄지어) 닥닥닥닥 다 엎어져. 엎어져 두어 달쯤 되어가민 그게 조금 삭주게. 이젠 그디 피영(피하고) 조영(조하고) 대부분이 섞언들(섞어서들) 갈앗주. 피영 조영 섞어그넹에 그 벙에(흙덩이) 우트레(위에) 직접 뿌려. 쉐시렁이나(쇠스랑이나) 곰베로(곰방메로) 팡팡 두드려. 벙에차(흙덩이 그대로) 잇이면 쉐로 갈아도 안 되여. 두드리지 않으면 벙에차 있어서 씨가 더꺼지지(덮어지지) 안

49) 쎈밧: 띠(새)를 기르다 지력이 떨어져 지력을 회복시키려고 곡식 농사를 지으려는 밭

50) 벳바령 : 밭을 놀리는 동안에 쟁기로 밭을 두어 번 갈아엎어 잡초는 묻어주고, 햇볕을 쬐어주어 지력을 높이는 일

허주게. 씨 안 나주게. 그걸로 두드려그네 스무 날쯤 뒤에 강보민(가서 보면) 씨가 과제기(빽빽이) 나잇어.

그거 커가민 외골갱이[51]로 갈아. 새(띠) 뿔리가(뿌리가) 막 나왕허민(나오면) 피허고 조는 내버려둬그네 새를 삭삭 비멍 눅지고(눕히고) 내불어(내버려둬). 경헹 그것을 밋밋(전부) 눅져 내불민 피가 우트레(위에) 올라와. 피가 재기(빨리) 크주게. 조는 강알에서(아래에서) 졸아(잘아). 경헤도 조도 양석으로(양식으로) 먹젠 허는 거주. 이젠 한불(한 벌) 더 검질을(잡초를) 비는척 헤그네 내불민 피영 조영 우트레(위에) 확 올라불민 이젠 검질이 꼬딱(꼼짝) 못허여.

그 피 크민 몬 비언(베어서) 눌엇당(쌓아놓고) 오든, 아니믄 쉐구루마에(소달구지에) 시껑(싣고) 집에 왕 눌어 놔두는 거라. ᄂᆞ람지[52] 더끄고 주젱이[53] 더꺼그네 두면 생이들은(새들은) 막 족족족 와그네(와서) 고고리(낟알) 타다(따) 먹주게. 게민 우린 ᄆᆞᆯ꼴랭이(말 꼬랑지) ᄆᆞᆯ총 빠당(뽑아다가) 그걸로 고리 멘들아그네 코(올가미) 놓는 거라. 그 피고고리드레(피 낟알 쪽에). 게민(그러면) 생이들 먹젠 하

51) 외골갱이: 날이 납작하고 좁은 호미를 말한다. 바닥을 긁으며 잡초를 제거하는 용도로 썼다. 숫돌에 날을 갈아서 쓰기도 했다고 한다. 송당에서 확인된 특이한 호미다.

52) ᄂᆞ람지: 눌어놓은 곡식을 둘러 덮는 이엉 같은 것.

53) 주젱이: 둘러 덮은 ᄂᆞ람지 꼭대기를 덮는 고깔 모양의 지붕.

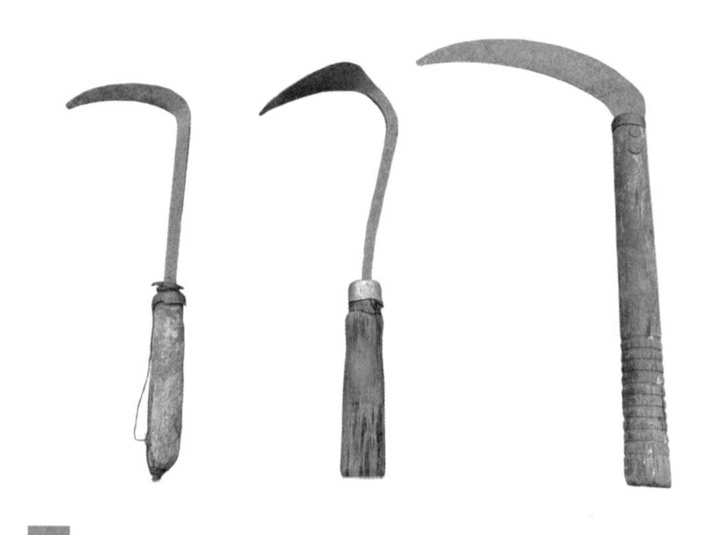

왼쪽부터 송당리의 외골갱이, 골갱이(호미), 호미(낫). 채계추(1927년생, 여) 씨가 써오던 도구들이다. (사진/이혜영)

다가 걸리는 거라. 그걸 잡아당 봉덕불54)에 구엉 허민 참으로 맛좋은 거라. 대꼬챙이에 꼬장(꽂아서) 소금 발르고 구민 막 맛좋아.

겨울에만 피 톧으멘(따지). 가실엔(가을에는) 시간 엇이메(없어). 모물(메밀) 해들이져, 산듸(밭벼) 해들이져, 두드리져(타작하지), 시간이 엇주게. 눈 막 온 때사(때에야) 그 피 톧아. 그거 빠댕겨가민(빼러 다니다 보면) 생이들이(새들이) 죽죽 오주. 게민 문을 틀어. 정지문이나 앞문을 틀어 눅저그네이(눕혀서) 낭(나무) 자만이한 거(조그만 거), 5센티쯤 한 거 톡하게시리(단단히) 세워 문 비슥하게시리

54) 봉덕: 부엌이나 마루 바닥에 설치된 돌화로.

봉덕 위에 매달아놓은 고리. 봉덕불에 피를 담은 고리를 매달아 말렸다. 표선민속촌의 초가에 재현된 장면이다.(사진/이혜영)

(비스듬하게) 눅져. 낭드레(나무에) 줄 질게시리(길게) 묶엉 고만히 잡앙 잇당 생이들이 왕 바글바글 먹어가민, 와장창하게 당기민 그 생이들이 문에 지둘랑(깔려서) 죽어. 허허허. 경허민 그거 봉덕불에 그실려 구워먹고. 베지근하게[55] 맛좋아.

이젠 또 피를 튼앙 허민 눈(雪) 따문에 널지 못하주게. 그걸 봉

55) 베지근하다: 고기가 달고 맛있다는 표현.

덕불에 믈류는데(말리는데), 대구덕[56]이 고리[57]옌 해(고리라고 해) 막 커. 창은(바닥은) 고망(구멍) 버렁버렁헌디(뻐끔뻐끔한데) 그디 피 고고리를(피 낟알을) 톧아 봉덕 우트레(위에) 거는 거라. 봉덕에 불 와랑와랑 쏠라지난(살라지니) 그디 열 가난에 ᄆᆞ를(마를) 거 아니가. 그것이 ᄆᆞᆯ라 소락헹(보송하게) 되민 박박박박 부비는 거라. 덕석에서(멍석에서). 손으로 부비고 발로 부비고. 조금 ᄆᆞ름만(마르기만) 허여 소락소락허민 그게 잘 부벼져. 이제 그걸 불리고[58] 푸는 체로도(키로도) 푸고(까부르고) 헹 멩텡이더레[59](멱서리에) 담아. 고고리채 노민 그릇 하영(많이) 차지하고 자리 하영 차지할 건데, 쏠로 멘들어노민 족을 거 아니가게. 삶이 경헹 허고.

56) 대구덕: 대나무로 바닥은 직사각형이고 아가리는 둥글게 짠 바구니.

57) 고리: 대오리 따위로 엮어서 만든 바구니. 그물로 잡은 멸치 따위의 물고기를 운반하거나 봉덕 위에 올려놓고 피(稷) 이삭을 말리는 데 썼다.

58) 불리다: 곡식을 바람에 날려서 검불, 티, 쭉정이 따위를 날려 버리다.

59) 멩텡이(멱서리): 짚으로 둥글고 울이 깊게 결어 만든 그릇. 주로 곡식을 담는다.

껍질을 아홉 겹 둘러쓴
피농사로 살아가는 여자들

송당리는 예로부터 보리농사가 잘 안 되는 지역이었다. 보리농사가 안 되는 대표적인 지역이 ᄃᆞ리와 송당이었는데, ᄃᆞ리는 지금의 교래리를 말한다. ᄃᆞ리송당에서는 보리 대신 피농사를 지었다. ᄃᆞ리송당은 한 지명처럼 붙여 쓰이며 피농사의 대명사로 여겨졌다. 피는 볏과 식물로 땅을 가리지 않아서 물 빠짐이 좋지 않은 습한 밭에서도 잘 자라고 김매기도 까다롭지 않다. 그렇지만 피의 낟알은 껍질을 벗겨 쌀을 만들기가 너무도 힘들어서 피농사를 짓는 지역이 많지 않았다. '피는 껍질이 아홉 겹'이라고 할 정도로 방아에서 여러 차례 찧어야 핍쌀을 만들 수 있었다. 피의 낟알은 크기가 아주 작은 데다가 껍질이 반질반질해서 방아질에 쉽사리 벗겨지지 않았다. 보통 피는 일고여덟 번을 찧어야 하얀 쌀이 나왔다. 핍쌀을 만드는 이런 고된 방아찧기를 '피방애'라고 한다. ᄃᆞ리송당의 피방애질이 얼마나 유명했는지, 제주도 민요 속에서 "ᄃᆞ리송당 큰애기들은 피방애질로 다나간다."고 노래하고 있을 정도다. 피방애를 찧고 살아야 할 운명의 ᄃᆞ리송당 여자들은 그만큼 부지런하고 일을 잘했다.

　핍쌀은 흰쌀이고 맛도 좋아 보리보다 값이 나갔다. 핍쌀 한 말이면 보리쌀 두 말로 바꿀 수 있었다. 그래서 허계생의 말처럼 ᄃᆞ리송당 여자들은 자신들이 지은 피를 먹지 못하고, 핍쌀을 지고 장에 나가 보리로 바꿔 먹으며 살아가는 운명이었다.

들판에 절로 자란 피와 피 이삭(사진/이혜영)

불치가 잇어사 모물농사 짓주

재가 있어야 메밀농사 짓지

밭에 일허고 집이 들왕도(들어와서도) 놀 시간이 엇어. 촐(꼴)도 비어사(베어야), 검질(잡풀)도 비어사 밥해먹주게. 선흘 완 보난 선흘은 낭을(나무를) 하는데 송당은 낭을 안 혀. 나무도 없주마는 게 무사(왜) 아니하는가 하면 모물(메밀) 때문이주. 송당은 모물을 많이 했주게. 모물을 갈젠하면 불치가(재가) 있어야 돼. 나무 때민 불치가 안 나오주게. 불을 꼭 검질로만 숨아(살라). 일부러 검질을 한 거라. 그걸 헤영(해서) 계속 검질불을 숨앙 불치통에 불치가 솜박허민(가득하면) 그걸 모두와 막 가마니에 담앙 눌(가리) 눌어놓는(쌓아놓는) 거라. 가실(가을) 들어가면[60] 그걸 비와낭(비워놓고) 모물씨에 같이 섞어. 구덕에 끈 달

60) 음력 7월 보름쯤에 메밀을 파종한다.

씨를 뿌린 밭에서 한 사람은 '끄실키'를 끌며 흙을 덮고 있고, 한 사람은 '곰베'로 흙덩이를 부수고 있다. (사진/홍정표)

앙 딱 매영, 이제 그걸 담앙 손으로 줍아놔(집어서 놔), 서둠서(서서) 해. 지금은 모물들 짝짜 삐어(뿌려) 비료로도 되는양 하주만.

비료 엇인 때난게 불치에 모물씨 버무령 하룻밤 재왕(재워서) 뒷날 아침에 몬(모두) 줍아놓는데 씨앗을 재에 버무린 거난 흙도 잘 묻어지고. 옛날인 이제보다 태풍도 더 쎄고 비도 하영 오고 하여도 실수를 안 해낫어. 재가 오래돼부난(오래되다 보니까) 그것이 축축하주게. 폭신폭신해. 쉐거름 잇인 집에는 눌어서(쌓아서) 해묵였다 그것이 복삭 좀 삭으면 씨주게(쓰지). 돗거름은(돼지거름) 안 삭주게. 게난 그걸 불치에 섞어. 불치가 그 거름을 잘 삭게 하주게. 그러면 더 복삭하고.

먼저 모물밭 고랑을 쫙하게시리 소로 갈주. 고랑이 이만큼 깊으주게. 고랑 갈 때 벳을(볏을) 아니하여. 벳은 허민 흙이 넘어가난 벳 없이 보섭만(보습만) 헹 주르륵하게 좁게 깊게 갈주게. 벳은 빼다근에(빼놓고서) 갈아. 경헤노민(그렇게 해놓으면) 한 사람이 한 일곱 여덟 고랑 놓아. 어린아이들은 한 다섯 고랑쯤은 놓주. 톡톡톡톡 노민 절대 실수가 없어. 경헹 모물씨 다 줍아놓고 끄실키[61](끙게)로 다 끄서(끌어). 나무 막 줄줄이 끄성하민(끌고 하면) 맨짝해질거(평평해질 거) 아니(아니냐). 한 일주일 되민 싹이 나와.

선흘 오난 경은(그렇게는) 안 하더라고. 선흘은 낭만(나무만) 때어노난 불치가 많이 엇인(없는) 거라[62]. 송당서는 유채도 줍아놔. 경허믄 유채도 잘되여. 이디(여기) 완에(와서) 나가 유채를 씨 핸에(해서) 무룩이(가득히) 갈멍 그추룩 허난이 막 잘된 거라. 서방은 군인가분(군대가버린) 때에. 막 잘되여 그때 유채돈 30만 원 받아낫어. 그 돈이면 1년 살앗주.

61) 끄실키: 끙게. 나뭇가지를 부챗살 모양으로 얽어매고 그 위에 돌멩이를 올려놓고 끌며 씨앗을 묻는 도구. 소나무나 쥐똥나무 가지로 만들었다.

62) 선흘 사람들도 잡풀을 때서 불치를 만들어 메밀농사를 지었지만 송당에 비하면 소규모였다.

진정한 메밀의 본고장

메밀은 제주도에서 보리와 조 다음으로 많이 재배했는데, 다양한 식재료로 쓰인 중요한 곡식이었다. 특히 보리나 조에 비하면 메밀의 재배 기간은 월등히 짧았다. 처서(8/23) 직전에 파종해서 상강(10/23) 무렵 수확하니 3개월이면 거둘 수 있었고, 거의 가을에 파종하니 김을 맬 필요도 없었다. 7월 초에 조를 파종했다가 제대로 싹이 올라오지 않게 되면 메밀을 많이 심어 가을 수확을 보완할 수도 있었다. 메밀은 봄, 가을 두 번 재배할 수 있는 곡식이지만 이른 봄의 밭은 모두 보리로 가득하니 봄에 메밀을 파종하는 일은 거의 없고 가을농사로만 지었다. 지금은 봄에도 중산간 너른 밭에 메밀을 파종하는 경우가 많아 5월의 제주도 중산간에는 하얀 메밀밭이 펼쳐진다.

메밀농사는 거름만 잘 해주면 걱정이 없었다. 정지에서 밥하고 굴묵에서 구들을 땔 때 나오는 재가 메밀의 거름이 되었다. 이를 '불치'라고 해서 1년 내내 모았다가 메밀 씨와 버무려 밭고랑에 손으로 떼어 던져넣으며 파종했다. 그러면 메밀은 금방 쑥쑥 자라 하얀 꽃을 피우고 씨를 맺었다.

메밀은 밥, 떡, 죽, 범벅, 묵, 수제비 등의 음식으로 만들어 먹었다. 특히 묵을 쑤어 꼬치에 끼워 적으로 구운 '모멀묵적'과 메밀반죽을 얇게 부쳐 무나물을 속으로 넣고 말아 만드는 '빙떡'은 지금까지도 제사상에 꼭 올려야 되는 음식이며, 수제비보다는 묽게 반죽해 숟가락으로 떠 넣으며 끓이는 '모멀조베기'는 제주 사람들에게 고향 같은 음식이다. 잔치나 상을 치를 때 끓이는 공동체의 음식인 '몸국'은 돼지뼈를 곤 물에 몸(모자반)을 넣고 끓이다가 메밀가루를 갠 물을 넣어야만 걸쭉한 '몸국'이 완성된다. 메밀은 오랜 세월 제주도 사람들의 몸과 마음을 채워준 음식이었다. 이효석의 소설 「메밀꽃 필 무렵」이 마음에 새겨놓은 이미지 때문에 메밀 하면 강원도 봉평을 떠올리게 되었지만, 실제로 진정한 메밀의 본고장은 제주도다. 제주도는 예로부터 전국 최대의 메밀 생산지였으며 지금도 전국 메밀 생산량의 40%를 차지하고 있으니 말이다.

제주도 중산간은 가을이면 하얀 메밀꽃으로 뒤덮였다. (사진/이혜영)

독 잡아그네 감저 파다그네

닭 잡아서 고구마 파서

이젠 집이(집에) 피영 무시거영(피랑 뭐랑) 먹을 것이 하주게(많지). 게난(그러니까) 독 안 질루는(기르는) 집이 엇엇어. 그 곡석들 털어진(떨어진) 거 주워먹고 허게시리(하도록). 밤되민 독 텅에에(둥우리에) 올리주게. 경행허민 우리집이서 놀 때엔 다른 아이네 집이거 잡아당 그거 틈엉 죽도 쒀 먹고 허는 거라. 이젠 놈의(남의) 집이서 놀 땐 우리 독 잡아먹는 거라. 어멍네가 뭐 아나게. 누게사(누가) 잡아가신디(잡아갔는지). 허허허.

또 이젠 감저는(고구마는) 구뎅이 파 눌(가리) 눌어(쌓아) 노람지 더끄고(덮고) 주젱이 더껑 놔두민 밤에 주인 아니민 어디사 눌어신디 아느냐. 주인이 항상 フ치(같이) 잇이난, 너네 집이 강 감저 파오게 허민 파오는 거라. 파다그네 숢아 먹고. 그 아이네 집에 헐 땐 우리가 파다 먹고. 쏠도이(쌀도) 방엣공장에(방앗간에) 가서 방에 지어허민(찧으면) 가그넹에 보곰지에(주머니에) 팡팡 담아오

는 거라. 사람 엇인 때 와작작이 담앙 어른들이 체에 푸고(까부르고) 헐 때 모르게시리 보곰지에 막 담아왕. 한 아이는 심방(무당) 할망 손지난 하영(많이) 앗아와낫어(가지고왔었어). 지네 할망이 가그네 심방질 헹 벌어오민 책가방에 막 담아와서. 그걸로 시리떡(시루떡) 치엉(쪄서) 먹고. 아이고 참 옛날 우리 클 때가 재밌었지. 지금은이 그 무신 장남감이영 무신거 헤영 놀멍 해도 우리 때가 재밌었던 거 달마(같아).

호썰(조금) 욱아가난(커가니까) 소나이(남자) 동창들이여 여자 동창들이여 같이 놀기도 허는데, 그땐이 야~ 라면이 나온 거라. 열일곱여덜이나 된 거 달마. 라면은 우동(국수)보다 비싸주게. 라면으로만은 돈을 못 맞추난, 돈이 족으난게. 우동을 한 타(묶음) 하민 라면을 세 개나 네 개를 놔. 큰 솥에 불숨아(불살라) 물 하영(많이) 놔 그걸 불탁불탁(부글부글) 다 끌리는(끓이는) 거라. 이제 생각하면 큰 왜솥[63]에 가득 끓인 걸 일곱 명이서 그걸 다 먹어. 그 솥이 밥 한 말을 할 만한 큰 솥이라. 경헤도 살도 안 쩌. 아멩해도(아무래도) 궤기를(고기를) 안 먹으니까. 궤기는 어떵허다 큰일[64] 난 집이(집에) 가사(가야) 석 점 얻어 먹어. 것도 궨당집(친척집)이나 되민 몰라도 어른들은 부주라도 허멍 강 얻어먹지, 우리는 가지 못

63) 솥전이 있고 속이 깊은 일본식 솥.

64) 결혼이나 장례 같은 행사.

한다. 애들이야 애기영 헤그네 돌안(데리고) 가주만 욱은(큰) 게 어디 거길 가느니. 그추룩(그처럼) 못먹엉(못 먹고) 허다 어디 가 한번 먹으민 설사를 하는 거라. 경헹 반 죽어. 아이고 나는 또 무사산디(왜 그런지) 도새기 배설(내장)을 먹으면 막 두드레기가 대닥대닥(다닥다닥) 나. 밤새 괴로와 죽어져. 이래저래 고길 먹지 못허는 거지. 하하하.

모물 도둑 잡기

메밀 도둑 잡기

한번은 어머니가 "오늘은 조 바꾸레(바꾸러) 강 오쿠메(올 테니) 아시들이영(동생들이랑) 고만히 누워 오늘 밤에 자그라이." 허는 거라.

겐디 우리 옆이 집이 사람이 온 거라. "오늘 조 바꾸레 간댄(간다고) 허대?" 허난, 우리 어머니가 "응" 허난, "아이구 걸언(걸어서) 저 북문꼬정(까지) 구루마(달구지) 밀련주젠(밀어주려고)." 송당은 길이 막 궂어. 막 흙이 뀌어져노난(이겨져서) 쉐가 끄성가젠(끌어가려고) 하면 막 질퍽질퍽헤여놘에 가름(동네) 넘어가도록 밀어준다는 거라. 게난 "아니, 아니해도 되서라, 되서라." 경헤도 "나 밀어다 주커라(줄게)."헨 우리 어멍 가는 거 보아져(보고) 온 거라.

저녁에 해가 뚝 떨어질 때 되난에 그집 아들이 왔더라고.

"야 너네 어멍네 왔나?"

"아니라, 우리 어멍네 내일 올 거라. 그 바꿔줄 사람들이 일하러 가부난 없네. 그 사람들 오민 저녁에 바꽝(바꿔서) 밤에 오당보민 볽을 거주게."

"기냐(그러냐), 저녁에 아니 올거?" 허멍 가는 거라.

경헌데 잠을 자노라노난 무슨 소리가 나는 거라. 아 뭔 소린고 해도 겁난(겁나서) 이불 더 썽(덮고) 잤주게. 동생들하고만 잇이난. 소록소록 소리가 나고 그래도 겁난 고만히(가만히) 누워. 다음 날 아침에 어리난이(어려서) 곡석이 엇어져신가(없어졌는지) 볼 생각도 안하고 그냥 학교 간 거라. 학교강 와신디 어머니가 온 거 아니라.

"아이고 이디 모물(메밀) 가멩이(가마니) 어디 가시니(갔니)?"

"몰라."

산듸를(밭벼를) 이빠이(가득) 담아 잇인 방을 확 열어보니 거기 것이 확 파져분 거라.

"아이고, 아이고 요런 시상(세상), 요런 시상…. 늘와(늘려서) 먹젠 하다보난 더 일러먹엇저(잃어버렸네)…."

경허단 어머니가 확 나가불더라고. 우린 울기만 하고. 어머니가 갔다완에,

"울지 말라, 울지 말라. 나 촟으켜(찾을 거다)."

하더라고. 쪼꼼 잇이니까 순경이 온 거라. 그때 당시 우리 동네에 지서가 잇어놓어.

"쪼꼼 잇어봅서. 잇당(있다가) 누가 올 거우다. 아무 말도 허지 맙

서양. 그 사람 ᄀᆞ는(하는) 말만 들어 잇입서(듣고 있으세요).”

어머니는 “알앗수다.” 경만 하더라고. 근데 이제 그 어멍이 오란(왔어).

“아이고 계생이네 모물이여 산듸여 잃어버렸지?”

“누게가 ᄀᆞᆯ안(말했어)?”

“아이고 순경이 우리집이 오란에 대물동네 오꼿(전부) 다 지멍(뒤지면서) 오고란(왔다고) 허대. 요 앞이 근영이네 집이 모물인지 산듼진 몰라도 그 집이 용심이(욕심이) 잇어 ᄂᆞ람지 더끄멍(덮으면서) 잇엄게(있더라고). 꼭 그 사람이 해간 거 담다(같다).”

경허는 거라. 그 어멍이 가고 쪼꼼 잇이난 순경이 또시(다시) 온 거라.

“오지 않았십데까?”

“와십데다.”

“그 아주망(아주머니) 무시기영(뭐라고) ᄀᆞᆯ읍디가(말하덥니까)?”

“우리 집이 모물이영 산듸영 일러버렸덴 허멍, 근영이네 집이 ᄂᆞ람지 더꺼졌수덴(덮어졌다고) 허멍.”

“그 사람 앗아간(가져간) 거 맞수다. 저는 이집이 모물이영 산듸영 일러먹었다고 안 ᄀᆞᆯ아십주. 경허니 그 사람 맞수다.”

아 경허는 거라. 그 말을 들언 우리 어머니가 근영이네 간 거라. 그 사람이 우리 궨당이주(친척이지).

“내가 어디 갓다오난 모물이영 산듸영 일러버려신디, 요 계새기 말이 너네 집에 우리 모물이영 산디영 앗다(가져다가) 눌었덴(쌓았다고) 해라."

우리 어멍이 일부러 건드림으로 경 골은 거주.

"계새기가 경 헙니까?"

"응 난 어쩔 수가 엇이니까, 너네가 좀 찾아내라."

간 이제 그냥 머리 심어(잡아) 끄서완(끌고 왔어).

"이년아, 어디 눌 눌어놘거 당장 이리 내보라."

근영이 어멍이 답도리해놘(닦달을 해놓으니), 우리 어멍이

"오늘 밤이만(밤에만) 고만히 심엉(잡고) 잇이라. 오늘 저녁에 지네 집에 가민 다른 데레 강 곱져불거난(숨겨버릴 거니까). 절대 보내지 말라."

경헹 모물 두 가멩이, 산듸는 얼마만인지 잴 수가 엇이니까 한 가멩이(가마니) 해서 받아낸 거라. 하하하하. 들어보난 우리 어멍이 처음에 순경헌티 강 "아무집이 그 사람네가 우리 곡석 가져간 건 확실허우다. 그집이 가난(가서) 탐정을 허영 찾아줍서." 한 거라. 그니까 순경이 "대물동네 다 조사허멍 왓수다. 고팡(광) 문 열어줍서." 한 거라. 경헤네 그걸 춫은 거주게. 이제 생각허민 그디도 어려우난 경헷주마는 그 어멍이 그추룩(그렇게) 하니 그집 애기들도 학교에서 도둑질을 하더라고. 어멍 본이 그추룩 중요헌 거라.

방애 지고 ᄀᆞ레 골아

방아 찧고 맷돌 갈아

우리 큰어머니네는 제사를 일 년에 스물네 번을 해낫어. 무사(왜) 한고(많은가) 허면, 우리 큰아버지 본가 제사하고, 당신네 친정 오라방이(오빠가) 불구라부난 친정 제사까지 큰어머니가 다 해낫어. 겨울에 제살 하게 되난 제사 먹으레[65] 가살(가야 할) 거주. 그땐 겨울에 눈 엇인 때가 엇엇주게. 눈이 하영(많이) 오랑(오고) 허난 아시날부터(전날부터) 가사(가야) 되여. 이제 쏠을 물에 컨(담가) 그걸 도구방애(절구)서 다 지여사(찧어야) 할 거주. 모물ᄀᆞ루도(메밀가루도) ᄀᆞᆯ고(갈고) 몬(모두) 해살(해야 할) 거주.

이젠 성이영(언니랑) ᄀᆞ치 도구방애서 둘이가 치엇어(찧었어). 이어~이어~[66] 허멍. 방애에 ᄀᆞ루 치난, 큰어머니는 우리 뻬신거

65) 제주도 사람들은 제사에 참석하는 것을 '식개(제사) 먹으레 간다', 잔칫집에 가는 걸 '잔치 먹으레 간다'고 한다.

66) 이어~ 이어~: 노동요 '방아 찧는 소리'의 후렴구.

(빻은 거) 거려노멍(담아놓으면서) 합체[67]로, 좀진체에(고운체에) 치민 따시(다시) 체에 걸린 건 따로 놓고 놓고, 그걸로 다시 빻고 빻고 허는 거라. 그 떡ᄀᆞ룰(떡가루를) 몬 빻는 거라.

겐디 우리 족은오라방이(작은오빠가) 전에 떼담[68] 칠 때 내가 스무 날을 밥을 하난에 옷을 한 불(벌)을 사 준 거라. 맞좌줘. 파랑한 거를 우아래로 멋진 걸로. 그 옷을 자랑으로 입엉 가신디(갔는데) ᄀᆞ렐(맷돌을) ᄀᆞᆯ젠허난(갈려고 하니까), 그 집줄[69] 메당[70](풀이다가) 그걸로 방석을 빙빙 꼬멍 멘들아 놔두난, 그디 앚앙(앉아서) ᄀᆞ렐 ᄀᆞ난 그 옷 조름이(뒤가) 문짝(죄다) 나가분 거 아니. 그 옷도 다 나가불언.

게도 그 ᄀᆞ룰(가루를) 몬 ᄀᆞᆯ앙 체로 치엉(쳐서) 그걸로 빙떡하고, 훌근(굵은) 거 좀쏠[71]로 묵 쑤고. ᄀᆞ루묵 쒀그네 봉덕불에서 석쇠 놩 묵을 구었주. 꿩 터럭(깃털) 헤여그네 '꿩짓비[72]'영 허연 참지름(참기름) ᄇᆞᆯ르멍(바르며) 묵을 구민 맛좋아. 그 식갤(제사를) 출령(차려서) 허고. 그추룩 저추룩(이렇게 저렇게) 허멍 살단 보난에 어느 순간에 어른이 되연(되었어).

67) 합체: 쳇불이 아주 고운 체.

68) 떼담: 밭의 경계를 표시하는 흙담. 송당에는 돌이 없는 땅이 많아 돌담이 아니라 흙담을 낮게 쌓아 밭 경계를 표시했다.

69) 집줄: 초가 지붕을 얽는 줄.

70) 초가를 새로 얹으며 전에 썼던 집줄을 풀어 방석을 만들었다.

71) 좀쏠: 가늘게 쪼갠 쌀알.

72) 꿩짓비: '짓'은 깃털의 제주어로 '꿩 깃털 빗자루'를 말한다.

방아와 맷돌

곡식 껍질을 벗겨야 먹고사는 여성들의 노동 도구

제주도의 전통 방아는 '남방에'였다. 남방에는 한반도에는 전승되지 않는 제주도 특유의 나무방아로 여럿이 함께 찧는 방아다. 아름드리 통나무를 통으로 잘라 속을 파내고 가운데 '방에혹'이라는 돌절구를 박아 '방엣귀'라는 공이로 곡식을 찧는다. 2~3명이 같이 찧는 작은 것에서 5~6명이 같이 찧는 큰 것까지 크기는 다양했다. 제주도에는 한반도에서 널리 사용되던 디딜방아는 없었으며, 흐르는 내가 거의 없어서 물방아나 물레방아도 존재할 수 없었다.

방아를 찧는 일은 언제나 여자들의 몫이었다. 여자들의 손에는 두꺼운 굳은살이 박히고 곡식 껍질 가루를 뒤집어 쓴 옷 앞섶은 쓸려 해지기 일쑤였다. 가난한 집의 여자들은 남의 집 남방에 찧는 일로 품을 팔고 곡식을 얻어 하루하루를 살아가기도 했다. 이런 방아질에 새로운 길이 열렸으니 조선 말기에 연자방아가 들어온 것이다. 연자방아는 제주도에 와서 '몰방에'가 되었다. 몰(말)이나 소가 웃돌을 끌기에 몰방에다. 몰방에는 훨씬 많은 곡식을 힘을 덜 들이고 빨리 찧을 수 있으니 마을마다 몰방에를 설치하게 된다. 몰방에는 커다란 돌을 마련해야 하고 규모도 커서 보통 스무 가구 내외가 힘을 합쳐 만들고 공동으로 사용했다. 이로써 곡식의 양에 따라 몰방에와 남방에가 모두 쓰이게 되었고, 일제강점기에 유입된 '도구방에'(절구)를 더불어 쓰는 집도 있었다.

제주도는 밭농사만으로 먹고살아야 하니 육지에 비해 다양한 농작물을 더 많이 경작했기 때문에 1년 내내 파종과 수확, 탈곡, 거피, 제분 등의 일이 끝없이 이어졌다. 보리, 조, 밭벼, 피 등은 양에 따라 몰방에나 남방에로 여러 번 찧어 껍질을 벗겨냈고, 메밀은 방아가 아닌 'ᄀ레'(맷돌)로 껍질을 벗겼다. 보리는 방아로 껍질을 벗겨놓았다가 ᄀ레로 갈아 통보리를 쪼개어 밥을 했다. 국어사전에는 곡식 따위를 찧거나 빻는 도구를 통틀어 방아라고 하고, 곡식을 가는 데 쓰는 도구를 맷돌이라고 정의하고 있지만, 제주도에서 그 정의는 충분하지 않다. 그리고 이후로 기계방앗간이 널리 생겨나면서 점점 힘든 방아질, 맷돌질은 사라지게 되었다.

남방에(좌)와 연자방아. 사진의 남방에는 세 사람이 함께 찧는 '세콜방아'다. (남방에 사진/조선총독부, 연자방아 사진/홍정표)

ㄱ레(맷돌)질. (사진/홍정표)

결혼과 출산

애기 놓고 살아보려고

몸뗑이만 보내불어

몸뚱이만 보내버려

일만 허멍 살다보난 시집갈 때가 되어신 거라이. 중매가 온거라. 게난 중맨 우리 오촌 고모님이 헤신디, 아이고 술도 담배도 아니 먹는 사람이랜(사람이래). 어머님네랑 오라바님이랑 막 좋댄 허난이 난 츰말로 술도 담배도 안 먹는 사람으로 알안. 순한 사름이랜 좋댄 막 가라는 거라. 어떵허느니 가라가라 해가난 "오렌(오라고) 헙써." 헷주.

이월 초싕되난(초순 되니) 온 거라. 오늘 저녁에 온댄 허멍 어디강 놀단 오라는 거라. 겐디 그날 어떵헹(어떻게 해서) 갑자기 우리 고모집 사돈 할망이 돌아가신 거라. 그디 물 질어당(길어다가) 벗들이영 물부주[73] 막 헤다그네 어둑언(어두워져서) 오라방네 집에

73) 잔치나 장례, 집 짓기 등의 일을 치르는 집에 물을 떠다주는 부조.

갔주게. 가난(가니) 사람은 아니 온 거 담고(같고) 음식은 정지(부엌)에서 허염서(하고 있어). 우리 성도(언니도) 형부도 왔고 어머니도 왔고 해서라. 경허난 그디 앚안 이시난 젊은 남자가 사춘(사촌) 들고(데리고) 아방 들고 와서라 서이가(셋이서). 그 사춘은 우리 동네 사람이라.

불은 등피불(남폿불) 싸도(켜도) 훤허지 아니헌디 성 뒤에 앚어그네(앉아서) 호썰(조금) 비끄러우난(부끄러우니까) ᄉᆞ나이들 양지(얼굴) 제대로 베려저시냐(볼 수 있겠냐). 경헹 이러니저러니 당신네들만 막 ᄀᆞ는(말하는) 거라. 경허난 내가

"난 시집 아니 가쿠다(갈래요), 아니 가쿠다. 아무것도 배운 것도 없고 나 살지도 못합니다. 돈도 없고 허난 더 벌어 가쿠다예."

겐디 아무것도 아니헹 몸뗑이만 와도 막 좋다는 거라. 막 성신디(언니한테) 아니 가켄 허난 우리 성은 내 발뒤축을 막 잡고 살만 잡아대멍(꼬집으며), ᄀᆞ지 말렌 허멍, 가렌만 하는 거라. 경허단에 다들 갔는데, 그루후제(그 후에) ᄉᆞ나이가 또시(다시) 온 거라. 오란(와서는) ᄀᆞ는 소리가

"아버지네가 날 잡으라 허는데, 제가 군인가게(군에 가게) 돼부난 약혼잔치를 허켄(하겠다고) 헴수다(합니다)."

경허난 어떵허여 이젠. 우린 잔치[74]할 가늠은 원(원체) 엇이난

74) 결혼잔치를 그냥 잔치라고 했다.

에(없으니까) 우리 어머닌 잔치할 생각일랑 하지 말고 약혼날만 받앙 오라 허난, 이젠 시에 가사(가야) 금반지라도 해사(해야) 할 거난 반지하러 오랜. 시에 동문로타리에 왕 칠성통[75] 강(가서) 지네 사촌네 금방에 강 맞출거랜.

밤에 오라그네 허난에 가신디(갔는데), 어둑으난 양지드레(얼굴이) 졸바로(똑바로) 베려저시냐(보였겠어). 경허난 만나기로만 헹 동문로타리에 강 차부(정류소)에 서잇이난, 이젠 그 사람도 날 모르고 나도 그 사람을 모른 거라. 가만히 잇이난 ᄉᆞ나이(사나이)가 왕 뵈련에(보더니), 저 혹시 송당서 와시냐 튼는(말을 거는) 거라. 예, 허난에 오렌(오라고) 허멍 손심어(손잡아) 당겨 좇아가서. 가서 금반질 석 돈을 맞추어 주는 거라. 그 조름엔이(뒤에는) 고모노란(고모라고) 허멍 오란에(와서) 다마반지(알반지) 하날 해여주켄(해주겠다고) 하는 거라. 경헨에 반지 두 갤 맞추아 뒁(두고) 오지 않아시냐.

그루후제(그 후에) 음력 2월 초싱에(초순에), 3월 스무날 되엉 약혼잔칠 허레 온거라. 약혼잔치 허레 온 걸 보난 도새기(돼지) 앞다리 하나에 쌀 한 말 지어 와서라게. 우리 시어머님허고 어멍아방하고 사촌 시아지방허고 너이가 온거라. 너이가 오난 그거 솖으고 국하고 밥허연 먹언. 우리 동네 사는 궨당드레(친척한테) 옵센

75) 제주 시내 원도심의 가장 번화한 거리 이름.

(오시라고) 헤여 곧는(하는) 소리가

"잔칫날 택일 받아낫수다."

허난 아이구 우리 어머닌 난리가 뒈싸젼(뒤집어졌어).

"아니 약혼잔치만 헹 군인 보내켄 헤신디 무사(왜) 잔칫날 받아 온 말이꽈!"

"3년 이상 한없이 벌엉 잔치허젠 하지 말앙(말고), 몸뗑이 하나만 보내줍센. 아무것도 필요없고. 정 아니된덴 허민 우리가 돈을 앗아오민(가지고 오면) 출려줍서(차려주세요)."

어멍은 못허켄만 허멍 막 우는 거라.

"아니 똘 스무살꾸장 키와난(키워놓았으니) 더 벌엉 잔칠 출려사 할 걸, 이 아일 돌아가불면(데려가 버리면) 어떵(어떻게) 난 삽니까."

우리 어멍이 자꾸 아파낫지. 경허난 우리 궨당들이(친척들이) 하는 말이

"아지망(아주머니) 후제 돈벌어 보내젠 말앙(말고) 몸뗑이만 보내불어. 한 삼년 벌어도 한없이 출리지도 못하고 벌지도 못하메 그냥 보내불어. 그냥 보내불어."

할 수 없이 경헐(그렇게 할) 걸로 헌 거라. 아이고 옛날엔 광목도 발레여사[76](바래야) 하고 사뭇 일이 족족허지(작지) 아니헌다. 이

76) 발레다: 볕에 쬐어 빛깔을 희게 하다.

불이라도 허젠 허민 두 챈 헤사(해야) 갈 거 아니가. 장에 강 광목 헤다그네 그거 지어 내창에(내에) 강 빨고 두드려 삶고 널고, 또 닥닥 빨아당 삶고 널고 삶고 널고 허여가민 그게 헤영해져(하얘져). 경허민 그걸로 베갯잇 할 건 손으로 수놓고 이불깃도 겨를 잇이민(있으면) 수놓아 하지만은, 나는 배갯잇만 수놓아 출렸지(준비했지). 그땐 드레스가 나왔을 땐데, 잔치는 한복 입엉 할 걸로 했지. 날고라(나한테) 흰 한복을 한 불(벌) 허렌 헹(해서) 허였지.

왕왕작작한 결혼잔치

시끌벅적한 결혼잔치

잔칫날은 되난 궨당들이(친척들이) 왕 준비를 허엿주. 옛날은이 도새기(돼지) 한 마리로 잔치 허엿주게. 거줌(거의) 한 마리로 다 헷주. 두 마리나 잡앙 잔치하는 집이 베랑(별로) 엇엇어. 도새기 한 마리 잡은 걸로 내장 허영(마련해서) 삶앙 그거 호꼼썩(조금씩) 냥(놔서) 가문잔치[77] 하고, 배설이영(창자랑) 껍데기영 간이영 빽빽이영(허파랑) 한 점썩 노멍(놓으면서) 그거 동네사람들헌티도 태우멍(나눠주면서) 잔치들을 헹 먹는 거라. 경헤도 택시를 허영(불러서) 잔치를 했어. 시아버지가 그 만장굴 처음 출린(차린) 사름이 우리 시아버지영 잘 아는 분인 거 달마(같아). 경허영 그디 가그네(가서) 골으민(말하면) 사진도 찍게 허고 허

77) 결혼 전날 신랑·신부집에서 친지들이 모여 치르는 잔치.

시부모님과 허계생 부부. (허계생 제공)

난 잘 구경하고 오랜. 벗들이영 드란(데리고) 택시 탕 강 사진도 찍고 왓주.

우리 잔친 리사무실에서 했지. 옛날 리사무실 쓰레트집(슬레이트집) 헹(지어서) 그 마당에서 잔칠 하는 거라. 그디(거기) 안에서 허영 사람들 베끝에도(바깥에도) 왕왕작작허영(시끌벅적해). 집에 오랑 밥들을 먹젠 허난 우리 사춘동서가 몬저(먼저) 상을 받아라(받더라). 그다음엔 나도 상 받앙 앉안. 베끝에는 아이들은 조랑조랑

신랑의 아버지가 허계생 집안의 어른에게 혼례를 확약하는 '혼서지'가 든 '홍세함'을 드리고 있다.(허계생 제공)

혼례를 마친 신랑 신부가 시댁으로 떠나기 위해 집을 나서는 모습이다.
(허계생 제공)

각시상[78] 거 얻어먹젠 산(섰어). 문 베끝에(바깥에). 게난 밥을 먹젠 헤도 밥이 먹어질 거가. 그 아이들 먹어살거(먹어야 할 거) 아니가. 독괴기영(닭고기랑) 돗괴기영(돼지고기랑) 아이들 줘어주고, 나는 그거 먹어지지 아니헹.

잔치 끝나그네 밤에 노래 허멍 놀 걸로 해노니 새서방 친구들 막 오는 거라. 허벅장단[79] 치멍 노래허멍 막 놀았어. 놀다보난

78) 각시상: 신부가 신부례를 마치고 받는 상.

79) 허벅장단: 물동이인 '허벅'을 손바닥 등으로 치며 맞추는 장단.

새서방이 엇어진(없어진) 거라. 경헤도 비끄러와(부끄러워) 새서방 엇어젓젠 골아지느냐(말할 수 있어)? 놀단 다 가부는 거라. 시어멍 시아방 다 잠잘 때 어디 가신고 해도 찾아보도(찾아보지도) 못허고 가만히 누웠주. 누워잇인디 고팡달믄(광 같은) 거 챗방[80] 잇인디 (있는 데서) 소리 나는 거 달마(같아). 등핏불(남폿불) 쌍(켜서) 창문으로 베려보난(봤더니) 그디 엎어져 자는 거 아니가. 자는데 돌아오지도(데려오지도) 못하고, 부끄러웡 시어머니한테 곧지도 못하고 이불만 앗당(가져다가) 더꺼줜(덮어줬어). 사월이난에 춥진 아니헷주. 얼지(춥지) 아니한 때고 허난 이불만 더꺼 내불엇주(나뒀지). 경허멍 결혼을 한 거라.

80) 챗방: 부엌과 안방 사이의 작은 마루.

마을공동체가 함께 치르는 일뤠잔치

보통 마을 안에서 결혼하는 경우가 많았지만, 비교적 가까운 마을에서 혼담이 들어오는 경우도 흔했다. 중간에 중신을 서는 사람은 본문에서처럼 여자 집안의 친척이라든지 신뢰하는 사람과 함께 혼담을 넣게 된다. 이렇게 혼담이 오가고 여자 집에서도 마음에 들면 태어난 날과 때(사주)를 남자 집에 보낸다. 그러면 남자 집에서 궁합을 보고 결혼할 날짜를 택일하게 된다. 그런 뒤에 남자 집에서 간단한 예물과 택일한 날짜와 결혼을 요청하는 편지를 여자 집에 보내게 되는데, 이것을 '막펜지 보낸다'고 한다. 이때 남자의 아버지가 막펜지를 가지고 가므로 여자 집에서는 술과 음식을 준비해 처음으로 양가 부모가 인사하게 된다. 제주도의 혼례의식에서 중요한 시점이 이때다. 지금 기준으로는 약혼식과 같은 의미이며, 이때부터 남자 여자는 신랑 신부로 관계가 바뀌고 이웃들도 이를 모두 인정하게 된다.

결혼식이 다가오면 신랑 신부 양가뿐만 아니라 마을 전체가 잔치 준비로 분주해진다. 결혼 예식 3일 전부터 본격적인 잔치가 시작되는데, 첫날 해야 하는 일은 잔치에 쓸 돼지를 잡아 삶고, 손님을 맞을 장막을 치는 일이다. 동

첫째 날, 잔치에 쓸 돼지를 잡으려는 마을 사람들과 신랑 부모. (사진/이혜영)

둘째 날의 가문잔치 모습. 1970년대의 결혼잔치를 재연하는 행사가 선흘에서 치러졌을 때의 모습이다. 실제로 돼지를 잡고 음식을 만들며 3일 동안 이루어졌다.(사진/이혜영)

네에 따라 두부를 만들기도 하고, 전을 부치는 등 돼지고기 냄새, 기름 냄새가 피어나면 동네는 이미 잔치의 들뜬 분위기로 가득하다.

예식 하루 전인 잔치 둘째 날에는 신랑집에서 신부집으로 '이버지'(이바지) 음식을 보낸다. 잔치에 쓸 음식을 보태는 이버지 음식은 형편에 따라 돼지고기, 쌀, 술, 계란 등으로 한다. 잔치 준비가 거의 끝난 뒤 저녁이 되면 신랑 신부 양가에서는 각자 '가문잔치'를 벌인다. 가까운 친척들에게 음식을 베풀고

인사를 하는 것이다.

셋째 날은 혼례를 치르는 날이다. 잔칫날 아침이 되면 신랑은 신부집으로 갈 채비를 하는데, 혼례를 확약하는 혼서지를 쓰고 날인하여 폐백으로 광목과 무명을 담은 '홍세함'을 준비하는 일에 정성을 다한다. 간단한 의례를 마치면 관복과 사모관대를 차린 신랑이 말을 타고, 홍세함을 진 사람, 친족 중에 글을 잘 아는 남자 어른 한 사람, 신부보다 나이가 많은 여자 친족 한두 사람, 신부를 태우고 올 가마와 가마꾼 등이 혼례행렬을 이루어 신부집으로 향한다. 신부집에 이르면 가장 먼저 홍세함을 드린다. '막펜지'를 전달하며 약혼을 맺을 때와 마찬가지로 홍세함을 전달하는 의식은 혼례의 가장 중요한 부분이다. 이것이 잘 이루지면 신랑 측 상객들에게 음식을 대접하고, 그사이 신부는 원삼과 족두리로 치장을 한다. 신부의 치장이 끝날 무렵 신랑 측 상객들이 신부의 부모와 친족들에게 차례로 인사를 나누는 '사돈열맹'이 끝나면 이제 신부는 혼례행렬과 함께 신랑집으로 떠나게 된다. 제주도의 전통혼례에는 신랑 신부가 술을 받고 맞절을 하는 등의 과정은 따로 없었다. 신부의 가마 속에는 이불, 방석, 요강 등의 혼수가 실려 있었다.

혼례행렬에는 신부집의 친족들 몇 사람도 함께하는데, 신랑집에 도착하면 신부집에서와 마찬가지로 부모와 친족들에게 인사를 나누는 '사돈열맹'을 한다. 신랑집에서 신부가 여러 의례를 치르는 동안 신랑 신부 양가집에는 하객들이 가득하고 하루종일 잔치는 계속된다. 밤이 깊어 손님들이 돌아가고 나면 신랑집의 신방에서 부부는 첫날밤을 맞이하게 된다.

이로써 결혼 의례는 모두 끝난 셈이지만, 혼례를 치른 뒤 이틀 동안은 '사돈

잔치'가 벌어졌다. 사돈이 된 양가 집안의 부모와 친족들이 오가며 신부집에서 하루, 신랑집에서 하루 잔치를 하는 것이다. 이는 양가 집안의 결속력을 높이며, 신랑 신부가 양가 친족들에게 인사를 드리는 과정이기도 하다. 이렇게 나흘, 닷새가 가고, 엿새째는 잔치를 돕느라 고생한 동네 사람들을 대접하는 잔치가 열리고, 이레째에는 온갖 벌여놓은 것들을 정리한다. 이렇게 일곱날이 소요된다고 해서 옛날 잔치를 '일뤠잔치'라고 했다. 지금의 눈으로 보면 너무도 복잡하고 번거롭게 보이기도 할 것이고, 이제는 이렇게 여러 날을 들여 잔치를 할 수도 없는 시대가 되었지만, 옛날 제주도 사회가 결혼이라는 과정을 통해 어떻게 친족간의 결속이 강화되며, 마을공동체가 어떻게 역할하고 결속되는지를 이해할 수 있을 것이다.

허계생이 결혼할 즈음인 1970년대에는 이미 서양식 결혼문화가 들어와 전통 혼례가 축소되고 있기는 했지만 여전히 공존하던 때였다. 허계생의 어머니가 약혼식만 하자고 강경하게 이야기했던 것은 격식을 갖추는 결혼식을 할 형편이 못 된다는 말이었고, 신랑집에서는 그럴 수 없어 결혼식을 강행했던 것이다.

무서운 게 엇인 사름

무서운 게 없는 사람

시집왕 닷새 잇이난(있으니까) 우리 시어머니 허는 말이 "너 나랑 같이 당아진밧[81] 강 보리나 비여나(베어나) 오자." 보릴 묶으레 ㄱ치 갓주게. 쪽글락한(조그마한) 한 500평 되는 밭 보리 비어 눅저(눕혀) 묶어 오랏주(왔지). 뒷날들은 그걸 몬(모두) 보리클[82]에서 박박 홀탄(훑었어). 그걸 따시(다시) 도깨로(도리깨로) 몬 두드련에 이젠 보리쏠 장만허영 그걸로 양석헐 거주게.

경허멍 허단 나영 또 ㄱ치 걸란(가자고) 해. 유채밭에 놈이(남이) 내분(내버려 둔) 유채 나물 갈젠. 간 보난에 그냥 풀이 곶이라(숲이야). 유채영(유채라고) 헌 건 꼴도 못 봐. "유채 어디 잇수꽈?" 허난

81) 당아진밧: 신당이 자리한 근처라는 뜻의 밭이름.

82) 보리클: 보리 낟알을 떠는 농기구.

"이 소곱에(속에) 영영(이렇게) 헤쳐보민 잇저. 영영 허멍 봉가오라(주워오너라)." 병작헷젠(병작했다고) 허는 사람 보난 둘이가 허여선게[83](했더라고). 나영 어머니영 너이가(넷이) 터는데, 아이고 호끔썩(조금씩) 헌 거 줏이멍(주우면서) 허난 검질로(잡초로) 다 걷어가부난 무신 용시가(농사가) 졸바로(똑바로) 되시냐게(되었겠어). 게난 아멩해도(아무래도) 한 서너 푸대썩(부대씩) 갈라온 거 달마(같아). 그해엔 경허단보난 ᄀ실이(가을이) 든 거 아이가. 서방은 이젠 군인가불 때 된 거 아이가.

그 전이(전에) 송당을 가네(갔지). 송당 오라방네 집이 조케가(조카가) 운동을 헌댄[84]. 조케 운동허는데 강봥오젠(가보고 오자고) 갔주. 걸언 간 운동 구경허고 우리 어머니 하는 말, "당오름[85]에 검질이라도(잡풀이라도) 호썰(조금) 비엉 가라." 가민 따시(다시) 오지도 못 허고, 어멍도 무섭고 헹(해서), 이젠 검질을 한 사흘 비어당 걸어 아장(가지고) 왓주. 오난 아이구 서방이 둑둑둑[86] 헴서. 우리 시어멍 잘락하게[87] 하고. "아이구 군인갈 거고 허난 벗들이랑 먹

83) 병작은 남의 밭을 빌려 짓는 농사를 말하는데, 허계생의 시어머니를 포함해 세 사람이 밭을 빌려 유채농사를 지었던 모양이다.

84) 초등학교 가을운동회가 열린다는 말이다.

85) 당오름: 송당 본향당이 있는 오름.

86) 둑둑둑은 망치질 소리다.

87) 잘락하게: 갑자기 밖으로 나오는 모양.

지 못허는 술 먹언 술에 버쳐게(부쳐서) 문 부서져서라게(부서졌지 뭐냐)." 허는 거라. 그자(그냥) 경헌거부다(그런가보다) 경행 ᄀ치 창호지 풀 쑤엉 불르멍 문 돌앗주(달았지). 술 다시 안 먹는댄, 못 먹는 술이랜 허난 경헌 줄 알앗주.

우리 서방은 어떵헌 사람인고 허면, 옛날 우리 시어머니가 뚤 넷에 아들 하날 난디, 하나뿐인 아들이 열여덟 살에 장가갔는데 스무 살에 4·3사건 만나 오꼿(그만) 돌아가셔분 거라. 경허난 이젠 그루후젠(그 후엔) 애기가 나난 지가 8년이 되부럿주. 우리 시어머니가 족은똘(막내딸) 난 지가 8년이 돼부난 이젠 아기 엇일(없을) 걸로 알안. 족은어멍[88] 해그네 애기 나젠(낳으려고) 서방을 판 거라[89]. 여자 헤다그네 서방을 결혼을 시견에(시켜서) 한집이서 세가시가(세 부부가) ᄀ치 살앗젠혀. 경행 사는디 족은어멍이 애기 시카부덴(있을까) 허는디 큰어멍이 먼저 애기 배분 거라. 경헤(그렇게 해서) 나난(낳으니) 오죽이나 귀해서게. 사뭇 그걸 오손(다섯손가락) 받들며. 외삼춘들도 오손 받들듯 허고 궨당들도 하도 귀하

88) 족은어멍은 남편의 둘째 부인을 말한다. 제주도에서는 본부인이 아들을 낳지 못하면 둘째 부인, 셋째 부인까지 두기도 했으며, 이들은 대개 모두 한집에 살았다. 둘째 부인을 두는 일을 본부인이 주도하는 경우도 있어서, 허계생이 '서방을 팔려고 했다'는 말을 하고 있는 것이다. 집안의 대를 이으려는 강한 의지로 생긴 이런 풍습은 1960년대까지도 제주도에서는 흔한 일이었다.

89) 결혼을 시키는 것을 '판다'고 한다.

남편의 어린 시절.(허계생 제공)

게시리. 할머니도 살아계실 때난 애길 너미(너무) 귀하게 키와분(키워버린) 생이라(모양이야).

이녁은(자기는) 어린 때에 몽유병 모양으로 잠자다 울어졈신댄(울음이 나고 했대). 잠자다 마당에 가 울어도 지고. 어멍아방이 둘아단(데려다가) 달래고 경헤낫댄. 그게 병추룩(병처럼) 잇었던 거 달마(같아). 아래 죽은어머닌 아들을 또 난에, 한 살 밑에 동생이 잇주게. 우리 서방도 정월생인데 아주버님도 정월생으로 낫주. 게하도 귀허게시리 아들을 하난 모든 거 어려운 거 엇이. 우리 시아버지도 귀한 어른. 시아버지도 딸도 엇이 딱 하나. 시집와보난 그 어려운 시절에도 시아버지도 동제밥[90]이옌 헹 밥을 따로 거리더라고(푸더라고). 우리 서방도 아방 먹는 거 ᄀ치 먹고. 누게가 건드릴 사람이 엇어. 옛날은 우리 제주도에는 반[91]이렌 헤그네 태우는(나눠 주는) 게 잇주게. 어른 반에는 계란전을 놓고 지름떡[92]을 놔. 겐디 아이들한테는 안 놓주게. 외삼촌들은 그걸 절대 안 먹고 아방한테만 줫댄. 우리 시아버진 풍수지리를 하난 어디 강 산자리도(묏자리도) 봐주고 날 택일도 봐주고. 게민 잔치가 돌아오나 대소사가 돌아오민 큰 낭푼(양푼)에 곤밥(흰쌀밥) 많이 거리고(뜨고) 괴기도(고기도) 하영 놔그네 앗아와(가져와). 공정[93]이랜 허

90) 동제밥: 한 사람만 위해 따로 지은 밥.

91) 반: 잔치나 제사 후에 사람들마다 따로 담아 나누어 주는 음식.

92) 지름떡: 기름에 지진 떡.

여. 매날 곤밥 먹고 허니 이녁이 귀헌 걸 몰라. 학교 강허민(가고 하면) 학교서 선배들도 친구들이영 ᄀ치 딱지치기를 허던 다마치기를 허던 진 건디도 그 성들이 영택이만 이겼젠 영 치켜세와렌. 게민 그 성들 둘아아져왕(데리고 와서) 집이 그 곤밥 시민(있으면) 주고 고기도 주고 허난 누게 욕할 사름도 엢고. 뒷날도 가민 다시 얻어먹을 여산으로(계산으로) 막 성들이 허단 보난 이녁은 무서운 게 엢고, 경허다보난 버릇이 막 그추룩(그처럼) 돼부런.

술은 아홉 살부터 먹고렌(먹었다고) 허여. 우리 할머니 돌아가시고 초하루 보름 상식[94]헐 때에 시아버지가 먹어보렌 허난 그게 호꼼썩 먹던 것이 버릇이 되난, 두린(어릴) 때부터 광질을(술주정을) 헷댄 해여. 난 뭘 몰란(모르고) 오란에(와서) 얼먹은(고생한) 거주게. 다 나 팔자소관이주마는.

시누이들도 곧는(말하는) 거 보민 동생이 세상에 나난 당신넨 하도 애기가 아까와그네(예뻐서) 베끝에(바깥에) 안 나가나(나갔다고) 그래. 애기 봄으로. 그 애기를 상전같이 사뭇 맛좋은 것도 동생 멕이져, 기저기 갈아주져, 애기를 아래도(바닥에도) 안 놘 살안. 족은누님(막내누님)이 열 살, 큰누님은 스무 살도 더 되난. 경헹 하단 보난 서방 ᄆ음(마음)이 다른 사람이 먹고 안 먹고 이것도 모르고

93) 공정: 장례에 수고한 사람에게 감사로 드리는 음식.

94) 상식: 상가(喪家)에서 아침저녁으로 궤연 앞에 올리는 음식.

다 자기 먹을 생각만 하고 자기만을 생각허여. 고기를 손에 안 들리민(쥐어주면) 절대 식사를 안 해. 닭 장신(장수는) 맨날 와그네 가름을(동네를) 돌며 폴레(팔러) 와. 맨날 그 닭을 안 사면 안 되여. 하루 식사 반찬이라. 바닷고기라도 꼭 이서사(있어야) 돼. 바닷고기 장시도 선흘 오민 우리 집이 맨 처음 마수하는 집. 옛날엔 지게에 놔그네 등에 지엉 댕겼주.

이제 서방이 군인 가게 된 거라. 군인 가는 날은 벗들이 막 온 거라. 댓이 오란 아구리선(큰 철선) 배가 저녁에 올 거난 아침에들 간댄. 그땐 하루에 차 두 번인가 세 번인가 댕길 땐데, 아침차 탕 갓주. 시에ᄁᆞ정(시에까지) 가 하는 말이 부두에 가그네(가서) 논댄(놀거래). 부두에 강 한참 놀다그네 ᄀᆞ치 간 여자도 잇고 남자도 이신디, 남자들 서인(셋은) 배 타는 거 보젠 날 새고정(새려고) 허고, 여자들 둘한테 "너희들 가그네 이 아주머니 ᄃᆞᆯ안(데리고) 극장 강 영화구경 허라" 경허는 거라. 잇당 시간되걸랑 부두더레(부두에) 오랑(오라고) 허난, 난 어떵 되는 줄도 몰르고 영화 구경헐 걸로 간 거 아니가. 영화 끝나 나오난 문앞이 남자들이 잇인 거라. "무사(왜) 이디(여기) 이십니까? 배 뜰 때 되지 않앗수꽈?" 허난, "영택이 가는 거 우리 봐낫주. 아지망 보민 울카부덴(울까 봐) 영택이가 이리 보내불렌(보내라고) 헌 거우다. 영택인 배 완에(와서) 탕 가수다." 경헤허난(그렇게 하니) 어떵허영(어떡해) 그냥 돌아왓주게. 오란 그 때부터 이제 이녁만 살아갈 거라.

자리 장수. 자리철이 되면 바닷가 마을 사람들은 자리를 지고 중산간 마을을 돌며 팔았다. (사진/홍정표)

이노무 애기를 지우젠

이놈의 아기를 지우려고

서방 군인 가고 한 달쯤 잇어신디 배가 폴락폴락 튀는(뛰는) 거만 달마(같아). 이상허다 무사(왜) 배가 폴락폴락 헴신고(하는고). 생각을 해보난 생리도 아니 와난(왔던) 거 달마. 병원에 가보자, 병원에 갓주. 임신 3개월이랜 하는 거라. 게난 아이고 원 눈이 벌겅헹[95](벌게져서) 그 아일 날(낳을) 생각을 안 한 거라. 이걸 내루와불젠만(내려버리려고만) 한 거라[96]. 서방도 없고, 시아방은 보난에 할망신디(한테) 비누 하나 사는 것도 다 타서 사는 걸 보난 어떵(어떻게) 이 아길 낳아 살리. 동네 사람들한테 물엇어. "애기 가진 사름이 어떵허민 애기 지움도 합니까?" 게난

95) '눈이 벌겅헹'은 제주 사람들이 자주 쓰는 표현으로 '필사적으로', '기를 쓰고'의 의미다.

96) 유산이 되게 하려고 했다는 말이다.

검질 진 엄마와 딸. 땔감을 위해 틈나는 대로 이렇게 커다란 검질 더미를 지는 것은 예삿일이었다. (사진/홍정표)

간장을 먹으랜. 사람들이 그땐 나 임신한 줄도 모르고 골아준(말해준) 거라. 겐디 아이고, 간장도 먹언 헤도이 안 ᄂᆞ려라.

제사에 가난(갔더니) 우리 삼춘이 하는 말이, 어떤 애기 가진 사람이 무거운 어웍(억새) 짐을 지단 애기 ᄂᆞ려버렸댄. 그래서 아이고 내가 무거운 짐을 지엉 이 애길 ᄂᆞ려버려야겠다 싶어 들에 간(갔어). 가름(동네) 넘어 왕ᄆᆞ루쪽에 가민 산이(산소가) 막 많지. 소본검질97), 그걸 묶어 막 짐을 무겁게 헷어. 그걸 지어봤자 어욱만이(억새만큼) 무게가 안 나가주마는 그래도 그놈 걸 지당(지다가) 자빠졍(넘어지고), 또 일어낭 자빠졍 일어낭 해도 이노무 애기가 안 지는 거라. 경헹 또 쇠똥, 그걸 지엇주. 젖인(젖은) 걸 징징이(층층이) 거름을 하는 거라. 젖은 똥은 무겁주게. 그래도 많이 지도 못허지. 물랑(물러서). 지어오고 또 지어오고 헤도 이노무 애기가 안 지는 거라. 경헹허당(그렇게 하다가) 더 무거운 걸 지젠(지려고) 유채 장시(장사)나 해보까, 콩 장시나 해보까, 가마니로 막 져야니까. 그래서 그 장시를 한 거라. 애기 내려보젠. 안 내리면 돈이라도 벌어 이 애길 키워사(키워야) 헐 거고.

97) 소본검질: 산소에 자란 잡풀.

유채 장시, 콩 장시

유채 장사, 콩 장사

함덕 언니네 집에 간 거라. 우리 사돈님이 ᄀ치 살아낫어. 나 생각엔 사돈님이 장시하는 걸 봐나난(봐놔서) 그디 강 사돈님한테 장시하는 걸 배우젠(배우려고), 돈이라도 꿔도렌(꿔달라고) 해보카헹 갓어.

"사돈님 나 장시허민 안 되마씀?"

"메(뭐)! 이제 두린(어린) 사름이 무신 장시를 헐 말이라."

"경헤도 장시 해보고정(해보려고) 해마씸(합니다)."

"무신 장시를 허젠?"

"사돈님 허는 거 유채 장시허고, 그자(그저) 콩 장시 같은 거나 헤졈직허우다(할 수 있을 것 같아요). 돈만 잇이민 헤지쿠다마는(할 수 있겠는데) 언니 ᄀ는 거 보난 저 상외엣돈[98] 터진덴[99](틀 수 있다고) 허난 상외엣돈 호꼼(조금) 꿔줘질 거우꽈(꿀 수 있을까요)? 경허민 나 장시해보젠."

"응, 경헤여(그렇게 해). 허켄(하겠다고) 허민 내가 얼마든지 거싸(그거야) 터주주(터주지)."

그 시절에 유성상회엔헌(유성상회라고 하는) 상회가 부두짝에(부두 쪽에) 잇엇어. 그딜 가난(가니) 한 말 받아가민 5원 이익금을 주켄(주겠다고) 허는 거라. 오원이엇을 거라. 게난 곡석 사들일 돈은 무이자로 주고 경헹(그렇게) 허란허난(하라고 하니) 알앗수다, 고맙수다 헨에(하고서) 그때부터 그 돈을 더러 가졍온 거라. 가졍왕 송당 가 이젠 콩 가는 집이(집에) 나중에 콩 받을 걸로 돈을 호꼼썩(조금씩) 이집이 저집이 놓주게. 돈 줭 내불엇다그네 받아올 걸로. 콩 장시로 시작허난 콩은 무겁고 헤노난 하영(많이) 허도(하지도) 못 허여. 그 콩을 팔안 호꼼 용돈이 멘들아지난 그 다음은 유채 장시 헐 걸로 헨에(해서) 그 돈에 더 붙영 돈을 낫게시리(낫게) 아졍(가지고) 온 거라. 하영 앗아당(가져다가) 송당 강 덕천[100]으로 송당으로 그 돈을 풀렷주(풀었지).

경허는디 이세 신낭알[101] 종손 딸이 우리 시어머니헌티 나 장

98) 상외엣돈: '상회의 돈'이라는 말로 큰 장사를 하는 가게를 '상회'라고 했는데, 물건을 댈 사람에게 장사 밑천으로 빌려주는 돈을 말한다.

99) 거래를 틀 수 있다는 말이다.

100) 덕천: 송당 북쪽 마을.

101) 신낭알: 선흘리 큰동네 안의 지명. 신나무 아래쪽 집들을 말한다.

시하는 걸 들은 생이라(모양이야).

“아지망 어떵허난(어떻게 해서) 송당 강 유채장시 헌대. 아이구 그 유채 우리 공장에 앗앙(가지고) 오라게. 무사게(왜) 놈의 집더레 앗아가메? 유성상회도 유채 받으민 다 우리신디(우리한테) 앗아오느니. 아이고 게민(그러면) 돈도게 호꼼 더 주고 헐 거 아니가.”

“아이고 그럼 ᄉᆞ망일언[102](잘됐네요). 게민 돈도 꿔 줍니까?”

“그 유성상회도 우리 돈 앗아당 허염신게(하고 있어).”

그때부터 아이고 잘됏저 헨에 돈 앗아온 거만 유성상회 앗아주고, 알고보난에 그디가(거기가) 동성유지엔 허멍 막 크게 유채공장을 헴서라. 유채 지름(기름) 빠는(짜는) 공장을. 이제 그디 강 돈 타당 송당 강 놓고 허멍 유채장시를 계속 헌 거라.

102) ‘ᄉᆞ망일다’는 운이 좋다는 뜻으로 제주 사람들이 즐겨 쓰는 말이다.

유채꽃밭의 역사

제주의 봄은 유채꽃과 함께 온다. 북서풍의 위세가 아직 가시지 않은 2월부터 봉오리를 터뜨리는 노란 꽃무리는 겨울에 지쳐 봄을 그리는 이들의 마음을 위로하고도 남는다. 그래서 제주에 도착한 여행자는 유채꽃밭 사이에 얼굴을 묻고 사진을 찍을 수밖에 없다. 그런데 제주의 봄을 상징하는 노란 유채꽃 물결이 제주의 풍경이 된 것은 그리 오래된 일이 아니다.

유채가 우리나라에 처음 들어온 것은 1950년대다. 일본에서 들여와 농가에서 재배되긴 했지만 당시에는 소규모였고, 유채 재배가 크게 확대된 것은 1960년대에 이르러서였다. 식생활에 굽거나 튀긴 음식이 늘어나고 식용유 수요가 급증하자 정부가 유채 재배를 장려한 것이다. 이때부터 제주도 농민들은 너나없이 유채를 심기 시작했다. 허계생이 유채장사를 하는 시기는 1970년대 중반으로 유채 재배가 활발하던 때다. 유채기름을 생산하는 제유업자들은 유채를 안정적으로 공급받아야 했는데, 허계생은 농부들에게 미리 선금을 주고 일종의 생산계약을 하는 중간업자였던 셈이다.

끝없이 펼쳐진 샛노란 유채꽃밭 뒤로 흰 눈이 덮인 한라산이 솟은 풍경은

7,80년대 폭압적 노동의 쳇바퀴에 갇힌 한국인들에게 꿈같은 장면이었다. 비행기를 타본 적이 없는 대부분의 사람들은 결혼을 한다면, 언젠가 일생일대의 여행을 가게 된다면 제주도에 가보고 싶다는 소망이 마음속에 생겨났다. 유채꽃은 어느새 그런 상징이 되었던 것이다.

그렇게 널리 재배되었던 유채는 식용유 수입이 자유화되면서 1990년대에는 생산이 급격히 줄어들게 되었다. 하지만 유채꽃에 대한 강한 이미지는 지금도 남아 이른 봄 제주도를 찾는 관광객들을 위한 유채꽃밭이 곳곳에 조성되어서 사람들의 눈길과 발길을 붙잡고 있다.

유채꽃밭.

벵원 두 번 강 난 첫뚤

병원 두 번 가서 낳은 첫딸

겐디, 그 애긴 영해도(이래도) 안 내령(내리고), 정해도(저래도) 안 내령, 돈 벌어져가난(벌리니까) 이젠 금같이 키워야 헐 거주. 배 봉그라니(봉긋하게) 커와가난 라스미깡(하귤) 신신헌(시큼한) 거 딱 한 집밖에 엇인데, 막 먹고 싶은 거라. 그래 그 우영에(텃밭에) 가그네 탄(딴) 거라. 큰 거도 있고 작은 것도 있고 헌데, 그땐 뭐가 맛좋은 지도 모르고 큰 것이 달 거로 알아 딴 완 방에서 까먹은 거주. 마악~ 신 거라. 그래도 더러 먹었어. 근데 시어머니가 들어와노난 어떵해신디 먹은 거냐 하카보덴(할까 봐) 난 겁난. 욕헐 거로구나 싶어 확 곱졌주게(숨겼지). 그 냄새가 팍 해노난 미깡(귤) 먹고정(먹으려고) 헌 걸 알고 시어머니는 큰큰헌(큰) 거 타와도 너무 씨우다고(쓰다고) 족은 걸 타야 맛좋다고 허멍 맛좋은 거 새로 타와서 먹엇주. 하하. 시어머니도 막 좋은 어른이랏주. 우리 어멍에 비하면 시집이 오히려 안 무서워.

우리 시어머니는 욕도 아니하더라구. 하하.

아무튼 경헹 애기 날 때가 된 거라. 배가 봉그라니 거의 날 때가 된 거주. 병원 안 다녀보난 애기가 언제 날 줄을 모를 때주. 근데 고사리 꺾을 때가 또 된 거라. 동네 사름이 저 웃동네 손차고사리[103] 받암젠(받는다고) 허여라. 게난 동네 사름하고 고사리를 꺼끄레 가게 된 거라. 가서 손차고사리를 꺼끄는디 물이 막 먹고 싶더라고. 이리저리 돌아보난 돌빌레[104] 위에 물이 쪼꼼 고인게 있더라고. 수건을 깔아 뒹(두고) 빨아(빨아) 먹었어. 막 뜨뜻한 물인 거라. 죽은 물이라노난. 겐디 그 물을 먹고 나니까 막 배가 아픈 거 아니(아니겠어). 경헹 나만 먼저 집이 왔는데도 밤새 배가 아픈 거라. 애기 날 줄로 알고 옆이 할머니 둘이 왕(와서) 기다려. 밤새 기다려도 애기는 아니 나오는 거라.

어떵혀 붉아가는데 동네 궨당(친척) 할망이 왕 우리 어머니신디(한테),

"아이고 성님 아멩해도(아무래도) 애기어멍 애기 날 배가 아닌 거 담수다(같습니다). 이거 벵원 가야 될 거 담수다. 애기 나나(낳으나) 아니 나나 이거 집에서 아니 될 거 담수다. 얼굴이 거멍해(거멓

103) 손차고사리는 주먹손을 떼내지 않은 고사리를 말하는데, 웃동네에서 생고사리를 사들인다는 뜻이다.

104) 돌빌레: 평평하고 널찍한 현무암 지대.

게 되어) 감수다. 아멩해도 벵원엘 가사쿠다(가야겠어요)."

헤난(해놓으니) 궨당 젊은 사람 총각 둘이가 그 밤에 걸엉 함덕강 택시를 불러온 거라. 경헹 그 택시 탕(타고) 시에 가그네(가서) 도립병원에서 검사헨(검사했어). 게난 애기 날 배가 아니고 간 나빠젼, 급성간염이랜. 경헨에 주사를 맞아노난 호꼼(조금) 살아지커라(살겠더라고). 며칠 지난에 뜨시(또) 배 아판 이젠 병원에서 뜰을 난 거주.

삼승할망이 돌보는 아이들

농사일, 물질로 하루도 쉴 날이 없었던 옛날 제주도 여자들은 임신을 해도 마찬가지였다. 그러다 보니 일하다가 출산하는 경우도 적지 않아서 밭에서 돌아오다가 길에서 낳아 '질둥이', 물질 나갔다가 축항(포구)에서 낳아 '축항둥이', 심지어 뱃물질을 나가 배에서 낳아 '베선이' 같은 어릴적 별명을 가진 아이들이 있었다.

보통은 진통이 시작되면 방에 보릿짚을 깔아 산실을 마련하고 산모는 치마를 입고 베개 등을 넣은 구덕(바구니)을 껴안고 엎드리면, 경험이 많은 이웃 여자 어른이나 삼승할망(조산무助産巫)이 산파가 되어 산모의 허리를 껴안고 배를 누르며 해산을 돕는다. 마땅히 도와줄 이가 없을 때는 산모 혼자 출산하는 경우도 많았다.

아기가 무사히 태어나면 '베또롱줄'(탯줄)을 끊고, '애기봇' 또는 '애기방석'이라고 하는 태반을 받아둔다. 해산 후 산모 머리맡에 '할망상'을 차려 아기의 탄생과 육아를 관장하는 신인 삼승할망에게 감사를 드린다. 그리고 산모는 메밀가루를 풀어 끓인 미역국인 'ᄆᆞ멀ᄌᆞ베기'를 먹는다. 해산 후 3일이 지나야 산모의 젖이 돌기 때문에, 그전까지 아기에게 꿀물을 입술에 적시는 정도로만 하며 굶긴다.

해산 후 3일째 아침이 되면 깔았던 보릿짚을 걷어 태반과 함께 정결한 곳에서 태우거나 함에 넣어 바다에 던져 처리한다. 이제 아기를 깨끗이 씻기고 산모도 머리를 감고 목욕을 한다. 그동안 아버지의 '갈중의'(갈옷 바지)로 감싸 놓았던 아기에게 삼베로 지은 '봇듸창옷'(배냇저고리)을 입힌다. 다시 할망상을 차려 삼승할망에게 아기의 건강을 기원한 뒤 올린 밥을 내려 산모는 아침을 먹는다. 이때 옥돔미역국나 돼지고기를 먹어 젖이 잘 돌도록 도운 뒤, 이제 아기에게 젖을 물린다. 사실상 산모의 몸조리는 이것으로 끝이었다. 농사일로 바쁜 보통의 가정에서 아기를 낳았다고 편히 누워 쉴 수 있는 여자는 드물었다.

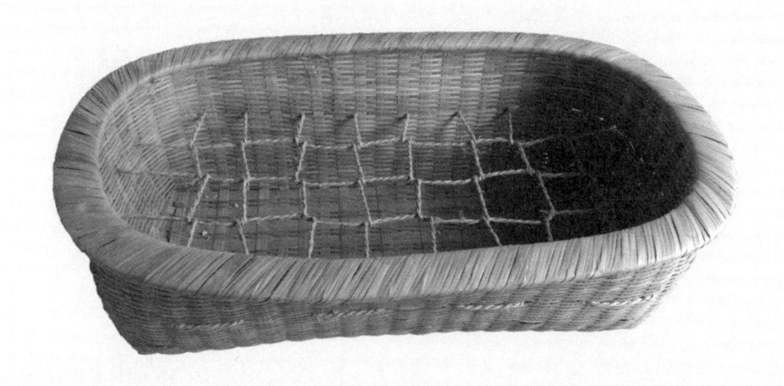

애기구덕. 가운데 그물처럼 친 망에 아기를 눕펴 바닥의 냉기와 오염물을 차단하는 구조로 되어있다. (사진/이혜영)

갓난아기는 처음에는 큰 '차롱'에 눕혔다가 일주일이 넘어가면 '애기구덕'에 눕혀 키웠다. 애기구덕은 대나무로 엮은 길쭉한 모양의 바구니로 이동식 아기 침대다. 구덕 안쪽을 '정당'(댕댕이덩굴)으로 그물처럼 엮어 아기를 그 위에 눕혀서 바닥의 찬 기운에 닿지 않도록 하며, 오줌을 싸거나 해도 더럽혀지지 않았다. 아기 어머니는 애기구덕을 등에 지고 밭일을 다녔다. 바닥의 모서리는 둥그스름해서 애기구덕을 부드럽게 흔들며 자장가인 '웡이자랑'을 불러 아기를 재우곤 했다. 기저귀를 따로 마련할 수 없어서 대개 헌 갈옷으로 기저귀를 삼았다.

제주도에서는 백일잔치나 돌잔치 같은 풍습은 없었고, 아기가 아프면 할망상을 차려 삼승할망에게 정성을 들일 뿐이었다. '큰마누라'(천연두)와 '작은마누라'(홍역)는 아기의 목숨을 앗아가는 가장 무서운 병이어서 이를 관장하는 '마마대별상'에게 상을 차려 빌기도 했다. 피부병도 아기를 괴롭히는 흔한 병이라 마을에 따라 '허물당'이 있어서 '허물할망'에게 아기의 쾌차를 빌었다. 자주 아픈 아기나 단명할 운을 가진 아기는 15살까지 '심방집'(무당집)이나 절에 맡기는 풍습도 있었는데, 이런 아기를 '신충애기' 또는 '당줏애기'라고 했다.

제주도 신화에서 삼승할망이 아이를 15살까지 돌봐준다는 것은 의미심장하다. 갯가의 소녀들이 물질을 시작하는 나이가 15살 전후며, 15살이면 허벅을 지고 물을 길을 나이며, 소년들은 혼자 소를 몰아 밭을 갈 나이가 된다. 농경사회에서 15살이면 이제 한 사람의 일꾼 몫을 했으며, 아이에서 어른으로 성장하는 시기였다.

송당 새 사당 선흘서 폴고

송당 띠 사다가 선흘에서 팔고

애기 놓고 또 장시를 하는데, 겨울이 되난 할 게 벨로라. 선흘에 와보난 새밧이(띠밭이) 벨로 엇어라게. 샐(띠를) 사당(사다가) 맞추앙 집 일더라고. 어머니신디(한테) 저 송당 강 새 맞촤그네 사당 폴민(팔면) 안 될까 허난, 무사(왜) 아니 되여 허는 거라. 친정 강 친정어머니신디,

"밧차(밭째) 상(사서) 놉 빌언 비민(베면) 될 거 아니꽈?" 허난

"경허켄(그러겠다) 허민 샐(띠를) 살 사름(사람) 멫 집 알아보켜(알아보마)."

경헨에 송당 강 밭을 산에(사서) 비언 그걸 시꺼(실어) 아정(가지고) 올 걸로 헌 거주. 다 물류아(말려서) 그거 다 묶엇젠(묶었다고) 허난 그디 간 거 아니가. 함덕 차 하나 빌언 남자 빌고 핸 새 시끄레 간.

샐 봉그렝이 시껀. 그땐 바메기[105]로 헹(해서) 선흘서 송당가는

질이(길이) 엇엇주(없었지). 사람 댕기는 질로 구루마(달구지)나 댕기지 차 댕길 질이 엇엇어. ᄀᆞ치(같이) 간 어른들이영 시꺼 저 펭대(평대)로 헹(해서) 올 걸로 내려가노난[106] 저 송당광 펭대 사이에 '돈도물'이엔 헌 물이 잇인디, 아니 그디서(거기서) 오꼿(그만) 차가 고장나분 거 아니가. 바쿠가(바퀴가) 빵꾸나 바람 빠져불언. 아이구 경허난 이젠 저녁도 먹어살(먹어야 할) 건디 배는 고프고. 이젠 걸어아전(걸어가지고) 펭대 강 저녁 상 먹엉 또 올라완. 겐디 잠잘 데가 잇이냐. 펭대에서 잠을 자젠헤도 방을 빌어사 잘거주만은 새 지커젠(지키려고) 허난 뒐거냐. 그냥 새로 집ᄁᆞ지롱(집같이) 멘들안 그 소곱에(속에) 옴팍 들어간에(들어가서) 서이가(셋이서) 이리 머리 하나 저리 머리 하나 누웠주.

잠을 자노렌 허는데 어떵 사람 손이 배 우에 온거 달마(같아). 가만히 누워 생각을 해보난 아이고 이 사름을 미안하게시리 해노민 낼 새를 못 시끌(실을) 거고 모른척 헹 나가불주 싶어, 손을 확 옆드레 치원(치웠어). 경헹 나와그네 베ᄁᆞ티서(바깥에서) 날 붉도록

105) 선흘에 있는 오름 이름. 알바메기(알밤오름), 웃바메기(웃밤오름)가 있는데 여기서는 알바메기를 말한다. 17쪽 지도 참고.

106) 당시에는 송당에서 선흘로 바로 연결되는 도로(지금의 1136번도로인 중산간동로)가 없었기 때문에, 송당에서 평대로 연결되는 도로(지금의 1112번도로인 비자림로)로 내려갔다는 말이다. 앞의 지도 참고.

새로 불 솜으며(사르며) 지샌거라. 붉으난 바쿠 지어아전(지어가지고) 완(왔어). 바쿠 잘 끼완 그 새 다 시껑 선흘을 오난 12시가 넘언.

겐디 우리 골목은 쪼끌락한(조그마한) 골목이난 그 새 시끈 차가 들어와질 거냐. 할수엇이 큰질에(큰길에) 펀(내려) 내불어된. 뒷날 아침에 앗아가켄(가져가겠다고) 헌 사름 다 갈라주다보난 한 사람 것이 죽은 거라. 밤에 누가 지어가분 거주. 시어머니헌티 골으난(말하니까) "나 알아지켜마는(알겠다만) 좀좀허라(아무 말 마라), 어떵 허느니." 그추룩 그거 풀고 허단 보난이 3년간 장시허여 돈은 꽤 벌언. 시어머니 용돈도 나가 다 내고게. 시아지방도 오랑(와서) 이디서(여기서) 보충역허멍 ᄀ치 살앗주게. 시아지방도 어려우민 용돈도 한번씩 주고 허멍 살앗주게.

사람 털어졍 아니 아프느냐?

사람 낳는데 안 아프냐?

어떵어떵(어떻게 어떻게) 살다보난 서방이 군인이 끝나가는 거주. 나는 군인서 오지말렌만(오지말라고만) 헷주. 오지말렌. 오민 술광질도(술주정도) 할 거만 담고(같고), 그디서 오래 사는 군인으로 그냥 말뚝박아 살렌만 하여도 그 말은 듣지도 않고 오켄만(오려고만) 허여. 또 애기가 하나 잇어분거 아니가. 면회 갓당 생긴 생이라(모양이야). 경헹 군인서 오기 전이(전에) 뚤(딸) 하날 난거라. 게난 뚤이 두 개 아니가.

큰거 날 때도 그추룩(그렇게) 아판에(아팠는데), 하이고 두번째 애기 나난에(낳으니) 또 아팡 죽어졍(죽겠어). 시아지방이 오란(와서) 나가(내가) 죽어지난 시어머니신디, "아기 빵(보고) 가는 삼춘이 함덕강 약 사당 주렌(주라고) 합니다. 형수님 약 살 돈 줍서." 우리 시어머님 부처님ᄀ치 좋은 어른이라낫주. 경헌디 우리 시어머니 입에서 경헌(그런) 소리 나오카부덴 아니헷주(나올 줄은 몰랐지).

"사람이 사람 털어졍(떨어지는데) 아니 아프느냐. 사람 나오난 아팜주(아프지). 약은 미신(무슨) 약."

경허멍 하도 부두들이난이(야단하시니까) 내돈 주젠 허단 손이 비끄럽고이(부끄럽고), 아파 죽어불민 죽어불지 허멍 그냥 들어앉앗주. 시아지방도 효자라 어멍신디 무신 말 골지도(하지도) 못하고 나가불어라게. 그냥 아판 둥굴언이(뒹굴었어). 사흘차 되는 날은 서방이 마지막 휴가 오고렌(오겠다고) 허멍 와서라게(왔더라고). 날보고 어멍신디 말 골젠(하지) 말안(않고) 혼저(빨리) 함덕 강 약이나 지서온댄(지어오겠대). 돈 주난 약 지언 와서라게. 그 약 먹언 쑥허게 누려난(내려지니) 살아지커라게(살겠더라고). 애기 나멍 아프는 건 거 이유도 아니라, 애기 훗배 아프는 게 경 괴롭더라게. 그 약 먹어난 좋안에(좋아져서) 붉아간에(밝아가니) 그래도 무시거(뭐라도) 먹을 생각이 나. 경헹 문 열어보난 아이고 눈이 헤영해(하얘). 바싹 얼언(추워). 동짓달이 나난(되니) 막 얼엉헌디, 베낏더레(바깥에) 나가 덜덜덜덜 얼어. 나가 불 솜아(살라) 뜻뜻이(따뜻하게) 고기 데워 물 데워 먹언.

헌디 서방이 애기보는 걸 노시(전혀) 못 보는 거라. 스물닷샐 살아젼(살고) 부대로 가는디 애기신디(애기한테) 인사라도 하지 그냥 가불언(가버렸어). 난 막 부애가(부아가) 난 거라. 나 엇일(없을) 때 헤실거라도(했을지 몰라도) 경헹(그렇게) 가부난 하도 부애나. 오지 말렌 헤도 또 오켄 허는 거라. 보름 잇이민 올 거래.

쉐 질루고 도새기 질루고

소 기르고 돼지 기르고

세번째 똘 난 후제(후에) 그렇게 울었주. 집에 쉐 18마리가 매어져 있는데 아방은 촐(꼴) 줄 생각을 않더라. 애기 난(낳은) 사흘만에 또 나가는 거라. 총 매어 생이(새) 쏠 생각만 하고 술먹을 생각만 허는 거라. 애기 배나 애기 노나(낳으나) 그 촐 주는 건 다 내 차지라….

시집 완 보난 들른(든) 게 공기총 하나하고 유성기 빙빙 도는 노래 나오는 거 그거 하나 제우(겨우) 잇어라게. 멘날 총 둘러멩 앗아(가지고) 뎅기멍 생이 쏘민 안주 헹 먹고. 그걸 생각을 허난 도저히 안되커라(안되겠어). 나신디(나한테) 돈이 잇이민(있으면) 안될 거로구나 헹 궨당(친척) 하르방 어른신디, "할아버지 저 쉐나 폴거 잇이민 삿이민(샀으면) 좋음직허우다(좋겠어요)." "기(그래)? 경허주. 어느만이나(얼만큼이나) 돈 잇어?" "아무만이라도(얼만큼이라도) 할아버지 좋댄 허는 거 사봅서." "경허여(그러자). 저녁에 오라. 조끗디(가까운 데, 이웃집) 사름 쉐 풀켄헌디(팔겠다고 하는데) 그거이 쉐가 막 좋다. 새끼 세 마리 풀켄해라." "그건 얼마나 받으켄 헙데까?" "막 어려완에(어려워서) 세 마리에 13만 5천 원 받으켄 해라." "그럼 그거 사줍서게."

경헹 13만 5천 원에 쉐 세 마리를 삿주. 서방은 날 고라 무시거드레(뭐하려고) 쉐 샀느냐고, 도새기(돼지) 키워그네 풀젠 해보렌. "도새긴 무신 도새기! 쉐가 잇어사(있어야) 밭도 갈고 용시도(농사도) 하고 새끼도 낳고 헙주(하지요). 쉐 엇이민 놉만 빌어사 밭갈 거 아니꽈(아닙니까)." 잘 삿지. 하하. 경허멍 질루게(기르게) 된 쉐주.

그루후제(그 후에) 결국 도새길 질루긴 질루왓지. 그때 내가 잇인 돈이 70만 원쯤 잇엇어. 아방은 그걸로 도새기만 허켄(하겠다고) 해라게. 게난 뭐 나가 우기질 못혀. 저 하고정(하려고) 하는 걸 다 해사(해야) 되주. 경허렌 허멍 돈 잇인거 주엉 도새기 존존헌(작은) 거 새끼, 스무나문(스물 남짓) 되신지 설나문(서른 남짓) 되신지 모르켜. 아무튼 사단에(사다가) 그걸 이제 키우멍 사료, 그땐 이제 보릿체(보릿겨) 사단 멕이멍 키왓주. 몬(모두) 키완 풀젠 허난 누게가 사가느냐? 너나엇이 다 어려운데 누게가 그 도새길 사당 추렴[107]허멍 먹젠 허느냐. 헐수 엇어 집이서 우리가 잡앙 그거 이제

107) 추렴: 비용을 여럿이 나누어 내는 일. 여기서는 돈을 모아 돼지를 잡고 나누는 돗추렴을 말한다.

갈랑 폴앗주. 한근 두근 사가는데, 것도 어떤 사람은 외상에 앗아 가는(가져가는) 사람, 우리 도새기 잡으민 주크라(주겠다) 허멍 앗아 가는 사람, 경허단 보난 무신 돈이 될거가. 돈도 아니되고 허난 잇인(있는) 돈은 오꼿(전부) 다 썬(써서) 설러불고(없어지고), 경허는 디 아길 배어전(배게 됐어). 아들을 난거라.

제주도와 돼지

돼지와 제주도 사람들의 수천 년 인연

제주도 사람들의 돼지 기르기는 그 역사가 유구하며 유별나다. 중국의 3세기 역사서인 《삼국지(三國志)》의 〈위지동이전(魏志東夷傳)〉에 이미 "주호(州胡)는 소와 돼지 키우기를 좋아한다."라고 기록하고 있다. 주호(州胡)는 탐라, 즉 제주도를 말한다. 일제강점기의 기록에도 제주도 가호의 97%가 돼지를 기르고 있다고 적고 있다. 거의 모든 집마다 돼지를 길렀던 것이다. 소는 농경에 꼭 필요한 노동력과 운반에 없어서는 안 되는 필수 가축이었지만, 농사일을 거들 수도 없는 돼지를 왜 이토록 많이 길렀던 걸까? 사람도 먹을 곡식이 부족해 죽어가는 형편에 말이다. 고기를 위해서라면 육지의 경우처럼 서너 집에 한 마리씩만 있어도 충분했을 것이다.

제주도 사람들이 돼지를 기르지 않을 수 없었던 이유는 바로 대규모 보리농사에 필요한 거름 때문이었다. 돼지의 똥은 보리에 가장 훌륭한 거름이 되었다. 벼농사를 지을 수 없는 제주도에서 보리는 가장 중요한 작물이다. 제주도의 척박한 땅에서 거름 없이는 보리를 기를 수 없었기 때문에 수천 년 전부터 돼지는 없어서는 안 되는 가축으로 자리잡았던 것이다. 돼지가 꼭 필요했

돗통시. 앞쪽 두 개의 디딤돌이 변소다. (사진/홍정표)

지만 돼지에게 줄 먹이가 부족했기에 자연스럽게 사람의 똥을 돼지가 먹는 순환의 방식이 생겨나고 그와 함께 돼지우리와 변소가 결합된 '돗통시'도 제주도의 문화로 자리잡았을 것이다.

제주도 사람들은 돼지를 '돗' 또는 '도새기'라고 한다. 누구나 돼지를 길렀기 때문에 큰 잔치를 열거나 장례를 치를 때는 돼지 한두 마리를 잡아 치르고, 제사를 지내거나 고기가 필요한 일이 있을 때는 여럿이 돈을 모아 돼지를 잡아 나누는 '돗추렴'을 했다. 1년을 키워 100근(60kg) 정도 되는 돼지를 잡았다.

잔치에서는 돼지고기를 손님들에게 골고루 잘 대접했는지 여부에 따라 잔치의 평판이 갈렸다. 같은 고기라도 어떻게 칼로 써느냐는 매우 중요한 문제였다. 그래서 돼지고기의 양을 조절하고 공평하게 분배하는 담당 전문가를

성읍리의 도감과 고기반
(사진/이혜영)

따로 두었는데 이를 '도감'이라 했다. '도감질 잘 하는 이'가 마을마다 한두 명 씩 있기 마련이어서 잔치를 준비하는 집에서는 미리 도감을 청해놓는다. 도감은 돼지고기를 부위별로 쓰임새에 맞게 잘 배치하는 역할과 함께 고기를 최대한 얇게 썰어야 했다. 돼지고기를 종잇장처럼 얇게 썰어서 적은 양으로도 사람들을 두루 먹일 수 있도록 하는 것이다.

모든 손님들에게는 한 사람당 한 접시의 '고기반'을 대접했다. 접시에는 고기 석 점, 순대 한 점, 두부 한 점 또는 메밀가루로 부친 작은 전인 '전기'를 놓았다. 70세가 넘은 노인이 있는 집에는 '고기반'과 밥 한 그릇을 일일이 집으로 날랐는데, 이를 '출반'이라 했다. '출반'은 노인들에 대한 대접을 중요시하는, 절대 빠뜨려서는 안 되는 제주도 풍습이었다. 또한 돼지고기와 순대를 삶아 낸 육수에 모자반을 넣고 끓인 '몸국'(모자반국)은 잔치에서 빠지지 않는 음식으로, 지금도 사랑받는 제주음식이다.

제주도 사람들에게 돼지는 수천 년에 걸쳐 사람의 똥을 처리해주고, 보리를 키워주고, 마을공동체가 함께 치르는 잔치와 장례 때 사람들을 두루 먹일 수 있게 해주는 존재였다. 이제는 수세식 화장실이, 비료가, 돈이 그 역할을 대신하게 되어 돼지는 사람들에게 맛있는 음식일 뿐이지만.

우리 애기들은 진짜 착헤서

우리 아이들은 진짜 착해서

매날(매일) 일허젠 허민 배가 불러 항만이(항아리 만큼) 해도 그냥 놀아지느냐. 서방은 분시도(사리분별도) 몰랑 다 나만 시기젱(시키려고) 허고. 매날 총 매어 나강 술먹으멍 매날 광질. 매날 광질. 광질을 허든 안허든 어떵해(어떡해). 그 두린(어린) 것들 세 개 잇이난 영도(이렇게도) 정도(저렇게도) 못허고. 시아방 시어멍 계시난 어딜 가불젠(가버리려고) 해도 가지도 못해. 시아방 시어멍이 워낙 좋은 어른들이고, 새끼들 보민 죽어도 같이 죽어사주(죽어야지) 어디를 가느니.

경헹 그냥 살젠 허난 그노무 애긴 또시(또) 배어젼. 배가 봉그랭 허는디 놉 빌언 촐(꼴) 무끄젠(묶으려고) 허난 전날 밤이(밤에) 아방이영 어멍이영 촐깨[108]를 밤새 데왓주(꼬았지). 아침 새벽이 되난

108) 촐깨: 꼴을 둘러 묶는 끈.

어른들 한 짐썩 먼저 지어가고, 나도 점심 먹을 거 출려(차려) 지어아젼(지어가지고) 궨당(친척) 할망이랑 같이 가는데 그 어른이 묻는 거라.

"이 애기는 언제쯤 날거고?"

"나 오늘 애기 나질거(낳을 거) 달마(같아요)."

"무사(왜)?"

"우리집이 쉐가 새낄 쌍둥일 두갤 난. 경허는 거 보난 애기 나질거 달마도(같아도) 감수다(갑니다)."

"아이고 경허걸랑 가지 마라."

"경헤도 점심이라도 헤당 안내사(드려야) 할거 아니꽈(아닙니까)."

헤영(해서) 지어가는데, 아방은 쉐 일러먹언(잃어버려서) 쉐 찾으레 갓댄. 강 고사리불[109] 살라네 고등어 굽고 헨에 점심 먹언 일어산(일어서서), 나도 촐깰 허리에 묶으난[110] 배가 어떵 기웃해여. 아이고 촐 허리에 묶어부난 이거로구나, 클러불엇주(끌러버렸지). 클러도 배가 아픈거라.

"삼춘, 나 집에 가삼직 허우다(가야 할 것 같아요). 배가 아판."

"혼저(어서) 가라, 애기어멍 혼저 가라. 너만 가지커냐(갈 수 있겠니)?"

109) 고사리불: 다 자란 고사리를 꺾어 피우는 불.

110) 촐깨 여러 개를 허리에 묶어 지니고 촐을 묶어나간다.

"예." 허는디 아방이 웃이멍(웃으며) 쉐 몰앙 오는 거라. 같이 글렌(가자는) 말은 못 ᄀᆞ고 난 집에 가겠다고 허난

"집에 강이(가거든)~, 감저(고구마) 파당(파다가)~ 땜부라[111] 지져놔두라이~!"

서운하고 부애나서 "아라서이(알았어)!" 하고 그냥 걸어왓주. 밭은 멀어서 오단 앚고 오단 앚고 제우(겨우) 집이 왓주. 집이 오난 시어멍은 없는 거라. 간 드러누워 잇이난 애긴 살락 나오는 거라. 시어멍은 이 ᄀᆞ리에(즈음에) 와작착 들어오난 조끄티(이웃) 할망도 오란(왔어). 애긴 봉먹은(양수를 먹은) 거 달마이(같아). 그 애기가 호꿀락 호꿀락 토만 하는 거라. 할망이 탁 거꾸로 들렁 막 궂인물 빼멍(빼며) 액액허멍 막 헤영. 경헨헤여 "아이구, 아들 낫수다! 아들 낫수다!" 막 지꺼전(기뻤어).

아들 밴 때도 가이(그 아이) 꿈을 잘 봣어. 꿈을 본디(봤는데), 우리 집앞이 내가 마당에 사신디(섰는데) 지붕에 호박, 수박이 막 연디(열었는데) 이 앞꼬지(앞까지) 주렁주렁 했더라고. 사람 다니는 문 앞꼬지. 야이(이 아이) 난 뒤로 아방 광질허는 거는 그대론데, 야이는 아프지를 안하더라. 둘째하고 아들은 아프질 안하더라. 첫째는 약해가지고 병원에 가고 그랬는데. 아들 크는딘 하나도 걱정

111) 튀김을 이르는 일본어 덴푸라(天ぷら).

허계생의 아기들. 위로 두 딸과 아들. (허계생 제공)

이 없이 진짜 무정하게(탈 없이) 컸어.

나는 아들은 절대로 아방같이 이녁만 아는 사람으로 안키우젠 토요일에도 꼭 밭에 돌안가고(데려가고), 먹는 거도 아방하고 같이 안 줬어. 아들은 아방 성질을 안 닮앗주. 경헹 그것에 마음을 놓주게. 아까운(귀한) 아들이난 내가 엇어도 저 혼자 일어설 수 있게 강하게 키운 거라이.

우리 애기들은 진짜 착해서 큰뚤은 2~3학년 정도밖에 안 된

때부터 바느질을 그렇게 잘헷어. 애기들 무릎으로 땅을 기어다니고 허난 무릎이 다 헐주게. 토끼 머리를 그령 쫄르고(자르고), 고양이 머리를 그령 쫄르고 허멍 몬딱 부치멍 주억(기워). 옷을 다 주억 입주. 큰게 동생들 키우는디 그런 걸 잘하더라고. 살림살이도 잘해여. 경허멍 시집가는 것도 다 지네냥으로이(자기 힘으로). 그땐이 남자집이서 여자집이 돈 주멍 결혼홀 때라. 뚤들 넷을 풀아도 우린 돈도 안 받아봣어. 애기 놈이(남의) 집이(집에) 풀아버리는 것 달마(같아) 안 받으켄(받겠다고).

처음으로 큰뚤을 풀젠허난 돈을 400만 원을 가져왔더라고, 우리 큰사위가.

"300만 원은 어머니가 가져가렌 헌 거고예, 100만 원은 옷해 입읍센(입으시라고) 제가 가져와수다."

"경허면 이건 니가 벌어 옷헹 입으렌 허는 거니 내가 옷해 입을 거고, 300은 사돈님한테 앗아가불라."

하고 돌렷주. 나중에는 100만 원도 돌릴 형편이 되어 다 돌렷주. 우리가 돈은 엇어도 딸을 파는 거 달마 그렇게 헌 거주.

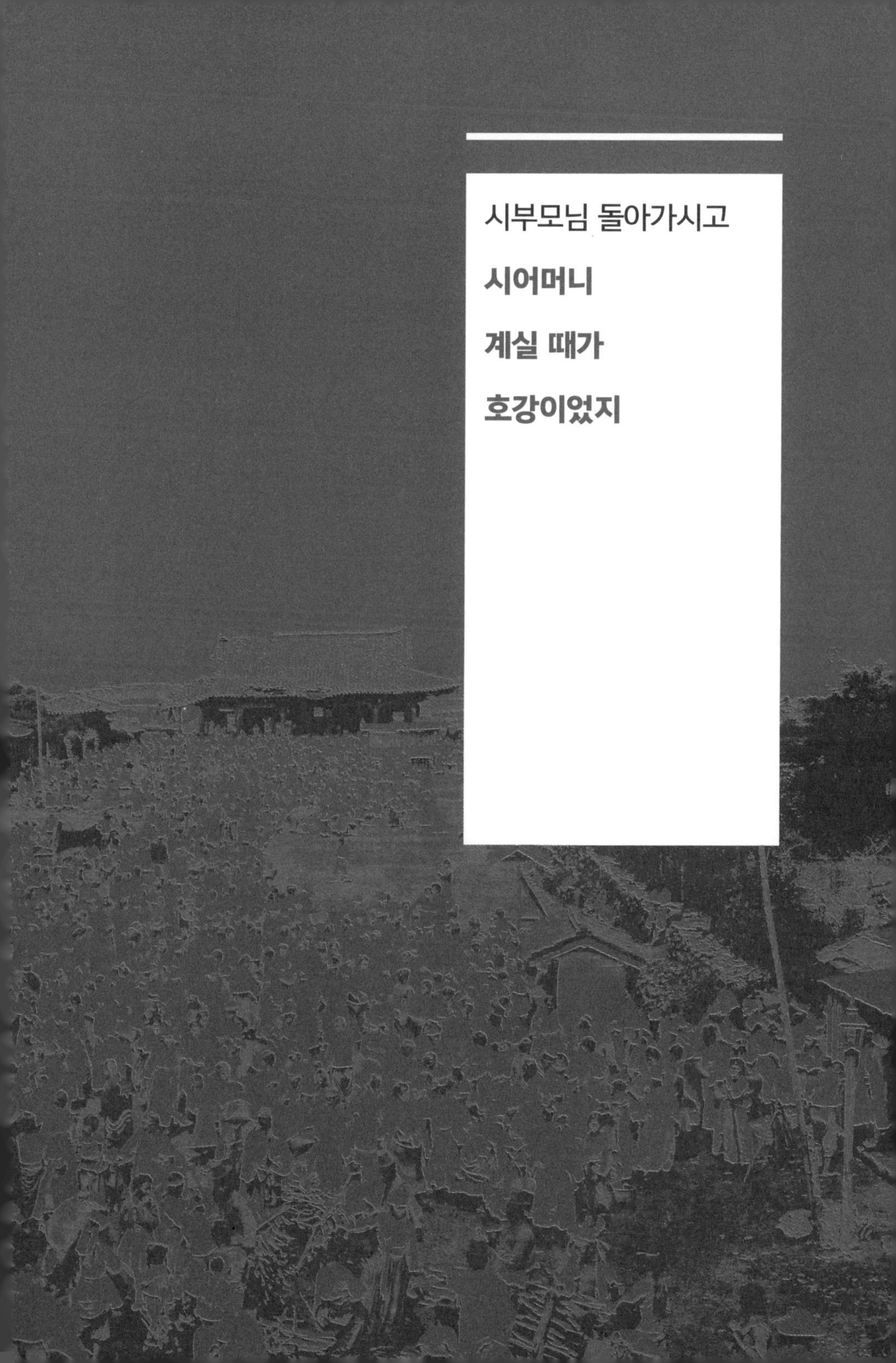

시부모님 돌아가시고 **시어머니 계실 때가 호강이었지**

단식허멍 견디멍

단식하며 견디며

나가 시집 와난 무사산지(왜 그런지) 자꾸 아파라게(아프더라). 서방 군인가분 때부터 계속 아판. 아팠다 좋았다 아팠다 좋았다 그추룩만(그렇게만) 해놘(했어). 그것 때문에 무신 일 허도 못허고. 호꼼 좋으면 그런가보다 살다가보면 또 아프고. 우리 시어멍 나 아프다 하면 일찍 죽은 시누이가 있는디 그자(그저) 그 산에만(묘에만) 가오는 거라. 어디가 크게 아프단 안허고 얼큰얼큰 아프고 자꾸 아프는 거라.

생각해보면 하도 서방 조들러불고(걱정하고) 헤부난 속 탄 병인가 경도(그렇게도) 생각했주. 어떤사인지(어떤 일인지) 아들을 놔난(낳고 나니) 막 아프더라고. 그 아이가 두 살 되언 도골도골도골 걸어 앚앙 뎅길 때 되난 하영(많이) 아파가난 할망이 막 조든거라. 어디 강 들으난(들었더니) 굿을 허렌 한 생이라(모양이야).

"굿을 허렌(하라고) 헤여. 아멩헤도(아무래도) 허여삼직 허다(해야 할 것 같다).”

“어머니 돈은 어디 시어(있어), 어떵헹(어떻게) 굿을 헌단 말이꽈? 나 아니허쿠다. 굿허면 놈들(남들) 비끄럽고(부끄럽고) 어떵헹 굿을 헐 말이꽈.”

“경헤도 아기어멍이 자꾸 아프난 어떵헹 좋으냐. 아멩해도 굿이나 헤봄베끼(해보는 수밖에). 무신 속병도 아니고 내내 자꾸 아픈 병이난 어떵허느냐.”

친정어멍신디 강 골앗주(말했지).

“우리 시어머니는 굿만 허렌 헴수다(합니다).”

“굿은 무신 굿을 허느니. 어디 저 교닮은디(종교 같은 데) 생식원에 들어가 생식이나 헹 나오민 좋을 거여. 거기 강 와불라(갔다와라). 저 하도[112]에도 있고 시에도 있고.”

경헹 하도로 갈 걸로 헨. 애기 두 갤 땐데, 우리 시어머니가 보고.

생식원에 가난 처음엔 5일 생식허랜 헤여. 5시 되면 저기 앚아그네 경(經)을 읽으는 거랜 헤여. 그 경을 막 한 시간을 읽어. 허민 물 한 사발을 먹으라 주어라. 상에 올렸던 물을 비우멍. 다른 사람들도 있고. 그디서 생식을 닷샐 먹었어. 엿새째 되는 날은 곤쌀(흰쌀) 헤영 콩밥헤영 그디 잇인 신자들 멕이고.

112) 제주시 구좌읍 하도리.

경허단 한 두어달을 생식을 허게 된거라. 겐디 참 기가멕혀. 동짓달이고 허니 어느날 밤에 수도는 얼어불어 아니 나오고, 멘날 나오지 아니한 수도라부난 베낏에(바깥에) 물통 박아놨어. 물통에 물 받아논 거 얼음 팡팡 부수멍 깨어 그 물 퍼당 바락 지치면(끼얹으면) 등어리가 쫄라지는(잘리는) 거 달마. 아이고 그냥 바싹 언걸와락 지치면 더운 짐이(김이) 몸에 팡팡 나. 4시 되면 일어나 그 목욕하고 새벽 5시 되면 안에 들어가 공부하고 저녁 6시 되면 나와.

경허는데, 스무날을 앚아신디도(앉아있는데도) 아프는 건 좋은데(좋아지는데) 베낏에는(바깥에는) 아니 좋은 거라. 발 두 개하고 손 두 개에는 부스럼이 막 나와서 허물이 된 거라. 경허난 그게 안좋으니 육지서 백일선생이 와서게(왔어). 옛날 계룡산에서 백날을 물만 드셔 산 어른이라 헌거라. 게난 그 생식원 선생 곧는 말이 “백일선생님, 이 사람은 이디(여기) 들어완에 생식만 두 달을 헤신디도 허물이 좋지 아니헴수다.” 경허니 단식 시기랜(시키라고) 하는 거라.

뒷날부터 단식을 허는데, 공부 끝난 시간에 물 한 사발만 먹는 거라. 더도 절대 안 먹은 거라. 아이고 몸이 막 금방 빠져가는 거지. 물만 먹으니. 삼일째 날이 되난에 화장실에 간에(가서) 볼일 봥 나오젠 허난, 똥 싼 거도 새끼손가락만이 한 거 호끔(조끔) 쌌는데, 야 숨 끊어질거 달마라(같아). 폭 박아지난이(쓰러지니까) 일어서지를 못하는 거라. 골로레기[113] 엎어젼.

공부시간 되어도 안오난 선생이 화장실에 강 엎어져있는 걸 보고 겁난 크박세기에(박바가지에) 물을 한 바가지 가져왕 먹으렌. 그걸 먹으니까 배가 봉그레기 올라오고 정신이 나는 거라. 따시(또) 공부를 헷주. 그 뒤로 이틀은 물을 많이 먹은 거라. 이제 단식 닷새 끝나난 또 밥을 헹 먹여살(먹여야 할) 거주. 물 이틀 먹어난 정신 나난이(나니까) 그 사람들 밥도 다 헤멕인 거라. 그 뒷날부터 또 생식을 5일 해서 나온 거라.

113) 골로레기: 아파서 기운 없이 누운 모습.

나 죽을 거난에 섭섭해도 하지 말라

나 죽을 거니 섭섭해하지 마라

이제 닷새 생식허연 집을 온거 아니가. 시어머니신디 밥 잡숩서 허난 밥 못먹는댄.

"요새 몸 아판에, 다른 데 아픈 데도 없다만은 무신걸(무엇을) 먹으민 우트레만(위로만) 올라오란 못먹으켜."

"벵원엘 낼랑(내일) 가봅시다."

벵원엘 갔주. 엑스레이 검사를 해보난 암이랜. 위암인디 말기라는 거라. 그때는 암이 벨로 엇어난 때주게. 병원에서 암이옌(암이라고) 허면 집에 가랜 헤여. 입원을 안 시겨주주. 약이 엇어부난. 집이서 죽이라도 쒀그네(쒀서) 잡숫고자 하는 거 해드리라고만 하는 거라. 경헹 보내난 아이고 어떵허느니. 그냥 와지느냐(올 수가 있냐).

이제 한의원엘 갔주. 암이랜 허난 어떵헙니까. 한약을 호꼼 짓어줍서 허난 짓어줘라게. 한 재를 짓어 그걸 끓이멍 어머니신디 암이엥(암이라고) 골앗주(말했지). 처음엔 그 약을 드셨는데, 한 스무날 되어가난 그것도 내려가지 않아 도저히 못 먹어서 안먹켄(안 먹겠다고) 허는 거라. 경헤도 어떵헹. 따시 한번 더 가 한약을 지어 한 숟가락이라도 듭센(드시라고) 허멍 자꾸 멕였주. 경헌디 이제 그 약을 다시는 아니 먹켄 허난 할망은 살이 속속속속 빠져가는디 음력 7월이 된거라.

정월부터 암 시작헌게 일곱 달이 된거라. 시어머니가 굿을 해도렌(해달라고) 하더라고. 이젠 심방(무당) 빌어당 굿을 헷주. 굿을 헤도 좋아뵈지도 않고 물도 잘 안내려가고. 경허난 시어머니 허는 소리가

"저 큰년보고(큰딸보고) 골으라(얘기해라). 영아어멍 오랜 헤영 호상옷(수의) 지렌(지으라고) 허라."

당신 죽을 때 입을 호상옷을 해도렌 하는 거라. 시누이보고 골으니 미싱이영(재봉틀이랑) 시꺼(실어) 와그네(와서), 동넷어른들 옵센(오시라고) 하고, 바농질허는(바느질하는) 사람도 오랜 헤영 다 같이 만드는 거라. 옷을 여러 개를 하루에 다 허젠 허난 경허는(그렇게 하는) 거라. 이제 호상옷광(과) 상제(喪制)들 입을 옷광 그 옷을 그날 하루에 다 멘들앗주.

이제 8월 스무날이 되신디(되었는데) 어멍 경 아파헤도 서방은 광질만(술주정만) 해. 이젠 시어멍은 아프난 어떵헐거라. 무신거 잡숫도 안하고 하는데, 8월 거줌(거의) 그물어(저물어) 가는디 날ᄀ

라(나한테 말씀이) 가그네(가서) 김밥이나 사아정(사가지고) 오라 허는 거라. 김밥이 먹어집니까(먹을 수 있겠습니까) 허니, 경헤도 김밥 먹고정 허니(먹고 싶으니) 먹어보켄 헤여.

"몽니로라도 먹어사주(먹어야지). 나가 이추룩(이처럼) 아니 먹어 몰라가면(말라가면) 되느냐. 하영(많이) 먹어질 것만 담다(같다)."

경헤 사아정 왓주게. 겐디(그런데) 날ᄀ라 정지(부엌) 강 밥을 먹엉오라(먹고 오너라), 밥을 먹엉오라 경허는 거라. 게난 어디 강오민 할망 기저귀를 먼저 봐살(봐야 할) 거주. 게난 기저귀를 보난 오줌을 많이 싸진거 달마(같아). 겐데도 밥만 먹엉오라는 거라. 비위상해 밥 못먹으카보뎬(못 먹을까 봐) 경허는 줄로 알고, 괜찮다고 기저귀 갈젠(갈려고) 해도 또시 못허게 하는 거라. 밥 먹엉오라고. 영(이렇게) 이불 걷엉보난 그냥 터진 거라. 는달는달(는적는적) 시커멍헌게 막 나와서라게. 그거 막 치워그네 물 앗아오난(가지고 오니까) 김밥 아져오란 해. 잘게 썰어 아져가니까 아 그 김밥을 드시는 거라. 김밥 하날 다 먹는거 아니가.

"아이고 어머니 하영이사(많이야) 잇주마는 이걸 영(이렇게) 먹엉 됩니까. 안됩니다."

"옛날 어른들 죽엠이가(죽는 사람이) 잘 먹어사(먹어야) 애기들 잘 된댄 하는데, 나가 죽엉 애기들 잘되게 해사지(해야지). 나가 우리 영택이 잘되는 거 보젠 허민 나 먹어산다(먹어야 한다), 먹어산다."

일주일 지나니까 이제 돌아가시게 됐저. 돌아가신 날 아침에 어머니가 죽 되게 썽(쑤어서) 오렌 헨에(해서) 그걸 되게시리 헨 덩어리진 거 없게 체에 받쳐 죽을 앗당(가져다가) 멕이난 그걸 벌컥벌컥 다 먹는 거라. 경헤뒁(그렇게 하고는) 곧는(하는) 말이

"애기어멍아, 나 죽을 거난에 섭섭해도 하지 말라. 나 원진 게 하나도 없다. 너 착헤영(착해서) 애기들 나멍(낳으며) 살아불고 허난 아무 걱정 없다. 내가 애기들 키와주지 못하난 제일 을큰하지(섭섭하지). 이때ᄁ정 사름들 나 눈치보멍 우리 아들 광질다리엔(술주정뱅이라고) 안 불러 영택이랜 하지, 나 죽어불민 광질다리 광질다리 불른다. 나 그게 제일루 가심 아프다. 놈이(남이) 광질다리엔 불를 거 눈에 선허여."

"경(그렇지) 아니합니다 어머니. 어머니 돌아가시걸랑 경 아니하게 해줍서예."

"나 ᄆ음으로(마음으로) 되느냐. 경만 해지면 저승 어느 축으로 강(가서) 틀어도(떨어져도) 우리 아들 잘되게 빎이라도(빌기라도) 하주마는 그게 ᄆ음양(마음대로) 되느냐."

그게 마지막 말. 우리 시어머닌 경헹 돌아가셔나난 하늘이 ᄂ려앚인(내려앉은) 거 달마라게(같더라). 서방 말 안듣지, 돈 엇어 영장할(장례치를) 것도 엇지. 너무 어려운 거라. 우리 아버지가 '당아진밧'이엔 듣렝이(작은 밭) 하나가 잇엇주. 500평짜리. 그 밧을 우리 어머니 ᄀ치 산(살았을) 때 팔앗어. 그 돈이 더러 잇대. 그 돈을 주는 거라.

그때 6일장을 헷어. 우리 시누이들도 다들 못살 때고 헌데 큰 시누이만 잘살아낫어. 큰시누이가 도새기(돼지) 한 마리 내놓더라고. 우리가 한 마리 내놓고. 옛날엔 도새기 한 마리면 영장을 치롸낫어. 경헹헌디 우리 식구들 하고(많고) 헤부난(하니까) 두 마릴 헌거라.

경허민이 도감[114]허는 사람은 동넷어른 헤근에(모셔다가) 도감을 앚히민, 반[115]으로 돼지고기 석 점을 놓주. 그것이 종잇장같이 베끼(밖에) 못허여. 게도 우린 두 마리 헤난 그보다는 호끔 낫게 헤실테주(했을 테지). 그때 무덤할 때난 이젠 아버지가 터를 다 보고 헹 무덤을 멘들앗주. 어머니는 6일장을 헷어. 나중에 아버지 돌아가셨을 때는 5일장을 헷고.

114) 도감: 잔치나 장례에서 고기를 썰고 분배하는 책임을 맡는 사람.

115) 반: 잔치나 제사 후에 사람들마다 따로 담아 나누어 주는 음식.

시어머니 잇인 때가 호강이랏주

시어머니 계실 때가 호강이었지

그루후젠 살단보민 어머니 돌아가신 뒤에도 애길 뚤을 두 개 더 놓은 거 아니가. 아들 다음에 뚤을 나노난. 죽은뚤 다섯째를 배난 아방이 강 내려불랜(내려버리라고) 하더라고. 그건 내려불젠 헷주. 병원에 갓어. 아들 바로 밑에 거 내릴 때 아파노난 무사와(무서워) 병원에 못들어가는 거라. 병원 앞에ᄁ정 갓당 안들어갓어. 돌아완. "병원에 가난 아방 데려오렌 합디다." 경허니까 안 가더라고. 그냥 나래(낳으래). 경헹 뚤산디(딸인지) 아들산디도 모르고 그냥 나진거라. 밴거난 그냥 낳주. 날때 되난 시누이가 왔더라고. 우리 둘째 시누이가 와서 그날 밤에 낳어. 마침 외삼춘 제사라난 묏밥이영 앗아와서 잘 먹고.

뒤에 또 밴 아이는 2월 스무날에 낫주게. 애기 놓은 뒤로 작작 작작 비는 매날 오는디 그때에 나 생각엔 3월 초열흘에 할머니 제사가 잇이난에 모물ᄏ루(메밀가루) 갈아그네 빙떡116) 지져 제사도 하고 먹고 허젠 두 말을 골아왓어. 비 매날(맨날) 오고 허난 밥 허지 못하난 마당에 눌어논(쌓아놓은) 검질(잡풀) 빠당(뽑아서) 밥을 헤사(해야) 애기들 주고 헐 건디 아무도 엇인디(없는데) 서방도 신경도 안 쓰는 거라. 애긴 또 뚤을 놔노난 어느 누게 좋아라 할 사람 시냐(있냐)? 경허난 이제 그 검질 하영(많이) 앗아오지 못하난 호꼼(조금) 빠당 그걸로 즈베기만(수제비만) 헌 거라. 모물즈베기만(메밀수제비만). 애기들도 주고 나도 먹고. 송키허레(채소하러) 못댕기난 메역(미역) 사다논 거 잇이난 또 메역즈베기만. 요 앞에 물은 잇이난. 신낭알[117]에 공동수도 들어온 때라. 서답(빨래) 빠는 거도 그걸로 퍼당에(퍼서).

애기 세 개 놓을 때끄정은 시어멍 잇이난 피빨래도 다 해줫주만은 이젠 나냥으로(스스로) 그 피빨래도 다 헤사헷주게(해야 했지). 그 애기 기저귀 빨래고 머시고(뭐고) 내가 다 헷주게, 거 누게가 헤줄 사람 잇이니. 게난 두 개는 아니 놔도 좋을 걸 놔가지고 고생을 헷지. 아하하. 내룹지(지우지) 못해서.

시어머니 잇인 땐 애길 내버리고 댕기난 일을 해도 호강이랏주(호강이었지). 큰것들이 초등학교 댕길 때가 된 거라. 유치원도

116) 빙떡: 메밀가루를 풀어 얄팍하게 부친 부침개에 무나물을 속으로 넣어 둥글게 만 음식.

117) 신낭알: 선흘의 지명.

보리밭 김을 매는 아낙들 뒤로 아이들이 동생을 돌보며 엄마를 기다리고 있다.(사진/홍정표)

가고. 여기 유치원이 있었어. 요디(여기) 리사무소에서 동네사름이 애기들 봐줌으로 경헹 헤낫지. 다섯 살쯤 되민 거기 보내여. 그것들 풀(풀어놓을) 시간들 되민 밧에 오렌 해(오라고 해). 이불 껍데기 쳔(쳐서) 낭(나무) 네 개 세워 묶엉 허면 그늘 될 거 아니가. 거기 애기는 눕져둬그넹에(눕혀두고서) 일 허주게. 이제 그것들이 오후엔 오는 거라. 그것들이 애기업게[118](업저지)라. 아이들이 애기구덕에 놩 흥글도(흔들기도) 하고 업어도 주고.

유치원에서 풀면 ᄀ치 가는 거라. 다섯 개가 다 범벅을 허는 거라. 저녁 되면 이 아이들 범벅해논 옷이영, 어멍아방 벗어논 것에 하면 옷이 이만이여(이만큼이야). 밤에 그걸 다 뺄아사여(빨아야 해). 이제 생각해보면 그 빨래 다 허고 잠은 어느 때 자신지도 모른다.

송당은 기계방아[119] 잇엉 지곡(찧고) 헌디, 나는 대천동 들개기목, 그디 우리 큰어머니가 사난 그디 강 방애도(방아도) 지곡(찧고) ᄀ레도(맷돌도) ᄀᆯ곡(갈고) 헤낫주(했었지). 게난 시집 왕도 그런 일을 잘 헌거라.

118) 업저지: 아기 돌보는 하인.

119) 기계방아: 기계식 방아.

엇인 시절에 무사 예의가 경 많으니

없는 시절에 왜 예의가 그렇게 많은지

시아버지랑은 시어머니 돌아가시고 10년을 같이 살았주. 나는 이제꼬지 살멍이라도 우리 아버지 옛날 살앙 할 때도 정월멩질이[120](정월명절이) 되여가면 ᄆᆞ물쏠(메밀쌀) ᄀᆞᆯ아. 그때 당시에는 ᄆᆞ물쏠 두어 말 ᄀᆞᆯ아둬야 되여. ᄆᆞ물쏠로 국수를 해여. 옛날은이 정월보름 때까지 과세를(세배를) 다녀. 경허민 손님 오민 그냥은 못보내여. 국수라도 해 멕영 보내야 되여. 경허민 그거 멕영 보내젠 허민 술도 막걸리를, 검은흐린좁쏠(검은차좁쌀) 두어 말 받아당 그걸 한 열흘 전이부터 미리 탁배기술을 담그는 거주. 막걸리를. 아버지한테 외방[121]에서도 많이

120) 정월명절은 음력 1월 1일 설날을 말한다.

121) 외방: 자기가 사는 곳 바깥의 다른 고장.

와. 동네사람도 먹어갈 걸로 여상[122](다들) 앚아. 경허민 멕이곡. 흐린좁쏠(차좁쌀) 두 말 해도이 막걸리 얼마 아니허매. 되게 아니 허민 맛이 엇주. 후루룩 허민 맛이 엇어. 되직허게 죽처럼 돼야 허주. 짜민(짜면) 맛이 나고 얇으민 맛이 엇어. 두 말 담으민 두 허벅쯤 허주. 경헤그네 옛날은 과세치젠(설을 세려고) 하민 늑신네(늙으신네) 잇인 집은 꼭 경헤사(그렇게 해야). 경허고 아부지는 풍수지리를 한 어른이난 외방에서도 아버지 모시고 일보고 허는 어른들은 꼭 찾아와.

우리 시아버지는 보통 어른 아니었는데, 아부지가 아프난

"며느리야 나 너랑 딱 14년 살았저. 이젠 더는 못 살거 담다. 내가 올해 죽어진다(죽는다). 이제 숟가락 놓을 때 되였저. 우리 14년을 살멍도 입줄름(말다툼) 한번 없이 살았다. 너가 착해 잘 살았다. 겐디 저노무 영택이 나 엇어불면 착할 거여."

경허더라고. 난 그땐 그냥 허는 소리로만 알았지.

아부지가 죽는 시간ᄁ정 돌아가시기 일주일 전부터 골앗주게(말씀하셨어). 4월 초하룻날 날보고 아홉시엔(아홉시라고) 허난, 난 그 아홉시가 무신 말인 줄도 몰랐주. 4월 초파일날 아침에 "멧시고?" 묻는 거라. 8시 35분이랜 허난 응, 허멍 옆으로 누웠단 갈라

122) 여상(如常)은 '보통 있는 일'을 말하고 문맥상 '다들'이라 했다.

져(늘어져) 누원(누웠어). 다리 쭉 페완(펴고서). 가심에 숨 폴락폴락 헌 거까지 끊어지난, 보니 아홉시. 돌아가시기 3일 전날부터는 저승사자가 완 삿젠(서있다고) 하더라고. 문앞에 서있댄. 머리에 임원걸이[123]하고 다리에 대님 치고 섰댄.

이젠 아버지 돌아가셔나난 5일장이 나더라고. 어머니 돌아가실 때는 시누이들 도왕(도와서) 나가 잠을 자고 헷주게. 그땐 나가 어려불고 헤부난 시누이들이 헷주게. 우리 아버지 돌아가실 때는 5일 내내 잠을 잘 수가 엇어.

그 전부터도 벵원에 가난 페농[124](폐농)이엔 허멍 집에 가라고 하더라고. 게난 집이서 기저귀 갈멍 돌아가시기 전에도 잠을 못 잤주게. 죽을 병을 걸리면 수술로 살릴 병은 입원을 헤주고 경 아니면 입원을 안 시겨줘. 우리 아버지는 아파렌 허난 날ᄀ라(나한테 말씀이) 옆이(옆에) 고만히 눕고 아무도 들어오질 못하게 하는 거라. 시간을 다툴 때 되어 딸들이 와도 저 방에는 누워도 이방에는 못 눕게 하는 거여. 경헤라게(그러더라고). 대소변도 아무도 한 번도 못 받아봔. 못하게 해. 원 그런 숭시가(흉사가) 있느냐. 그러니 나가 정신이 돌 정도로 그 수발을 그추룩(그처럼). 정신이 하나도 엇인디(없는데) 돌아가신 거라. 밤에도 노름하는 사람들이 화

123) 임원걸이: 이마에 묶는 띠.

124) 페농: 페에 염증이 생겨서 푸르고 노란 가래를 뱉는 증상.

토침으로(화투친다고) 가지를 아녀. 밤새~ 허여. 술을 하룻밤에 다섯 박스썩 먹어. 경헤그네 잠을 못 자니까 정신이 미시거(무슨) 돌 정도. 그추룩 사람이 몽롱하는 거더라.

사람이 죽으면 심방을 빌엉 귀양[125]을 내주게. 어머니 돌아가신 땐 초ᄒᆞ루 보름 두 번씩 식개를 헤신디, 아버지 돌아가신 땐 초ᄒᆞ루만 헷어. 100일 되면 '졸곡'을 헤여. 어머니 돌아가신 때는 아버지 살아계시니까 반년 되면 '소상'을 하고이, 3년 되면 '대상'을 또 허주게. 경허고 우리 아버지 돌아가신 때부터는 '상식'은 내가 헷어. 상식은 아침 저녁만 하고. 대상이 끝나민 '담제'를 해여. 100일 되면.

옛날은이 경(그렇게) 엇인(없는) 시절에 무사(왜) 예의가 경 많으니. 출리는(차리는) 게. 영장(장례) 치룹고 그 초ᄒᆞ루 보름ᄒᆞ고, 제사ᄒᆞ고, '졸곡'ᄒᆞ고, '담제'ᄒᆞ고, 허난 1년에 마흔 번 헤젓어. 어머니 돌아가신 때. 기가막힌 일이라. 경헌디도 이 서방은 잘 안 출렴젠(차렸다고) 허여. 십원짜리 한 장 안 벌어다 주멍. 기가멕힌 일 아니가.

제사도 옛날엔 4대ᄁᆞ정 헷네. 지금은 3대베끼(밖에) 안헴주게

125) 귀양: 귀양풀이. 장례를 지낸 날 밤 상가에서 치르는 굿. 죽은 영혼을 저승에 곱게 데려가 달라고 비는 의례다.

(안 하지). 옛날엔 오월단오, 한식까지 다 헷지. 모든게 이제 반으로 줄엇어. 스물여섯 나는 해에 시어머니 돌아가셩, 이추룩(이처럼) 헌 걸 다 허영 시아지방ᄁ정 다 치룽 허난, 난 나대로 나가 칭찬헤져. 진짜. 허허허. 내가 목숨 떨어지는 한 다 허젠 이 가정을 지켠. 죽어도 내가 여기서 죽을 걸로.

죽은 이를 보내는 여정

제주도는 한반도 육지보다 더 오랫동안 유교문화가 강하게 남아있는 곳이다. 특히 일생의례 가운데 가장 엄격하고 복잡한 장례와 제례에 따르는 유교문화는 근래에까지도 지속되고 있다. 또한 제주도 사회는 무속의례의 역사 또한 유구한 곳이다. 그래서 제주도의 장례문화는 유교의식과 무속의식, 풍수가 더해진 복합적인 모습에 마을공동체가 중요한 역할을 하는 방식으로 이어져 왔다.

집안의 어른이 임종을 맞이하게 되면 가장 먼저 '정시'(지관)와 의논해 발인날을 택일받고, 장지를 정해 마을사람들과 친족들에게 부고를 알린다. 발인날에 따라 5일장, 7일장이 일반적이며 상황에 따라 3일장으로 서둘러 지내거나 9일장까지 치르는 경우도 있었다. 그리고 서둘러 목수에게 관을 짜도록 한다. 부고 소식을 들은 마을 사람들은 일손을 놓고 상가집으로 모여들어 남자들은 건대[126], 상장[127] 등을 만들고 여자들은 '호상옷'(수의)과 여러 벌의 상복을 서둘러 만든다.

관을 짜는 '조관'하는 날은 사돈집에서 팥죽을 쑤어 부조하게 된다. 부모님이 돌아가신 슬픔과 분주한 장례 준비로 제대로 식사를 할 겨를이 없는 사돈들을 위로하고 도우려는 관습이다.

관과 호상옷이 마련되면 '영장'(시신)을 염하고 호상옷을 차려 입관을 한다. 입관이 끝나면 상제들은 정식으로 상복을 입고 '성복제'를 지낸다. '성복제'를 지낸 뒤부터 조문을 받기 시작하는데, 특히 발인 전날인 '일포날'에 많이 한다. 조문객들은 망자와 마지막 인사를 나누기 위해 오는 것이다. 저녁에는 '일포제'를 지내며 망자에게도 이제 떠날 때가 되었음을 고한다. 일포제가 끝나면 친족들과 마을 사람들은 내일의 장례를 준비하고 술과 음식을 나누며 밤을 새운다. 발인날이 밝으면 상가에서는 '화단'(상여) 장식으로 분주하고, 장지에서는 땅의 신에게 드리는 '토신제'를 올리고 땅을 파기 시작한다. '화단'이 완성되면 마당에서 '발인제'를 지내고 이제 운상이 시작된다. 운상은 많은 인력이 필요한 일이다. 장지가 먼 경우에는 중간에 교대하며 운상하므로 운상꾼만 수십 명이 되기도 한다. 운상꾼은 마을 집집마다 한 사람씩 의무적으로 나오게 되어있다. 이것은 생활공동체이자 장례공동체인 마을 주민의 의무였다. 운상을 하거나 묏자리를 파는 장례의 노역을 맡은 사람을 '상도꾼' 또는 '역꾼'이라고 한다. 이들이 맡는 일이 막중하고 고된 만큼 상제와 친족들

126) 상복을 갖추는 데 필요한 두건과 띠.

127) 상제가 상례나 제례 때 짚는 지팡이.

상제들과 운구 행렬. (사진/조선총독부)

은 이들을 격려하고 감사하는 데 정성을 쏟는다. 운상하는 날 친족들은 떡을 준비해 이들을 대접하는데 이를 '고적떡'이라고 했다.

운구 행렬이 장지에 도착하면 관을 묏자리에 하관하고 '하관제'를 지낸다. 관 위에 흙을 덮고 봉분을 올리고 다지는 긴 노동이 끝나고 나면 '초우제'를 지내는 것으로 장례식이 마무리된다. 장지에서는 이것으로 장례 절차가 끝나기는 하지만 제주도 사람들은 집에 돌아와 그날 밤에 '귀양풀이'를 벌였다. 죽은 사람의 혼이 저승으로 잘 가도록 비는 굿으로, 그렇게 해야 자손들도 편안하다고 믿었다.

이렇게 장례는 끝났지만 고인을 기리는 제례 절차는 이제 시작이라 할 수 있다. 장례식 다음 날부터 고인이 쓰던 방에 병풍을 치고 항시 제상을 차려놓고 삼시세끼 밥을 올렸다. 이를 '상식'이라 하며, 날마다 상식을 올리는 의례는 2년 동안 이어진다. 또한 매월 음력 1일과 15일 아침에는 따로 제사를 지냈는데, 이를 '삭망'이라 한다. 삭망은 탈상까지 3년 동안 계속되었다. 장례식에서 3개월과 100일 사이에 곡을 끝내는 제사인 '졸곡'을 지낸다. 상식을 올리고 삭망을 지내며 1년째 되는 기일이 되면 '소상'을 지내고, 2년째 되는 기일에 '대상'을 지내면 상식 올리기를 멈춘다. 그리고 대상 후 3개월 안에 '담제'를 지내고, 삭망을 지내며 3년째 되는 기일이 되면 '탈상'을 하게 된다.

이 같은 장례와 제의는 4·3사건과 한국전쟁을 겪고, 새마을운동을 지나오면서도 엄격히 지켜지다가 점차 마을공동체의 규범이 약화되면서 1990년대 들어서는 운상 행렬을 보기 어렵게 되었고, 복잡한 제의는 2000년대에 들어서며 서서히 사라졌다.

역꾼들이 뫼자리를 파는 모습. (사진/홍정표)

폴아지지 않으난 빚만 나고이

팔리지 않으니 빚만 생기고

선흘이 수박 잘돼낫어. 수박이 물을 좋아하는 거. 땅에 습기가 있어야 되여. 선흘은 배추영 수박이영 그 용시를(농사를) 하더라고. 시집강 처음 5년은 애기 놓고 키우멍 그냥 우리 먹을 용시만 헷주. 경허단 서방 군인 갓단 온댄 하니까 수박, 배추를 시작헷어. 수박도 놓젠 허민 구뎅이 헤영(해서) 풀치어 내쳐두고(던져두고) 비료도 놓고 쉐걸름도(쇠거름도) 놓고 허영 수박씨 꼭꼭 찔러. 싹 나민 줄 번게 놔두민 수박이 벙글벙글 막 욜아(열어). 수박, 배추가 폴아만 지민 쌀용시(쌀농사)보다 돈이 좋으난 그것만 허젠 허주게. 배추는 막 하영은(많이는) 못헤여. 인부가 하영(많이) 드난. 이녁이(자기가) 수눌어그네(품앗이해서) 헐 정도만 허주.

겐디 용시를 허민 ᄆᆞ음양(마음처럼) 폴아지느냐. 폴아만 지민 걱정이 이셔게(있겠어). 그건 지금도 마찬가지주. 어느 땐 태풍이 왕 두드려분 적도 잇고, 어떤 땐 값이 막 형편없고. 상인이 오늘 올건가, 내일 올건가 허멍 폴지 못해 눈 벌겅도 허고, 결국 폴지 못하면 시꺼그네 질에서도(길에서도) 팔고 장에 강도 팔고. 에이구…. 경허단 팔지 못하고 버치민게(힘에 부치면) 그냥 갈아엎는 거주. 경 쟁허듯 빚만 나고이. 용시가 돈이 안되더라.

나 시집 왕 살 때는 1년 사는 거 한 30만 원 잇이면 살아지더라. 30만 원이라는 게 그추룩(그처럼) 큰돈이랏주. 이제 3천만 원보다 그때 30만 원이 컷일거라. 경헹 살단 우리 시어머니도 돌아가시고 허난….

한해는 저 와산[128] 간에(가서) 6천평 밧을 헷주. 거기 수박을 넣은 거라. 처음엔 무사산디(무슨 일인지) 수박이 막 잘 되여. 버럭버럭 잘 열고 막 좋아가는디, 그해엔 바싹바싹 다 말라가는 거 아이가. 경운기에 물을 지어강 줘도 어느만이 줘질거냐(줄 수 있겠냐). 서방이영 매날 싸우멍 물이라도 줘보자고 물을 지어강 호스로 졸졸졸졸 주어도 주었는지 말았는지 금방 다 말라불고이. 또 말제엔(나중에는) 여름 끝날 때 되어가는데 쪼금 살아나는디 그걸 차떼기로 시껑(실어) 육지로 보낸 거라이. 한 차에 백만 원이다 얼마다 그것도 엇이 실어 보내면 육지 공판장에 가서 십만 원도 될 수

128) 와산: 제주시 조천읍 와산리.

있고, 오만 원도 될 수 있어가지고 그걸 나중에 받는 거라. 하이고… 실으멍도 벌러지고(깨지고), 내리멍도 벌러지고, 실으는 값, 내룹는(내리는) 값도 줘살거니(줘야할 거니), 이것 저것 떼민 그거 돈이 될 거가. 경헤도 어떵헐(어떡한단) 말이라게(말이냐). 경허멍도 살아지고….

사람이 죽으란 법은 엇인 거라이

사람이 죽으란 법은 없는 거야

미깡농사(귤농사)는 처음에 아방이 군대갈 때 보니까 미깡하는 사람이 제일로 돈을 가져 다니더라고. 농사허는 사람은 아주 후진 사람들이고. 그땐 미깡 하는 사람이 몟사름 엇일 때고. 밀감낭을 1,000본 산디(인지) 500본 산디 샀어. 그때 미깡낭 값이나 땅값이나 비슷헐 때라. 그때가 74년도라. 그때 1년생을 사서 심었어. 겐디 이파리가 꼬불꼬불허멍 다 병걸려 잘 안됐주.

그 다음에 또 낭을 새로 샀어. 그땐이 서귀포에는 밀감이 막 나올 때주. 낭을 1,500원씩 해서 600본을 심고, 또 300본을 사서 심고 했어. 5,000평 밧이난 한꺼번에 낭을 다 못 채왔주. 반은 심그고 반은 유채도 갈고 무수도(무도) 갈고 배추도 갈고 수박도 갈고 경헷주. 흔번은 따비[129]로 밧도 몬 일러냈어(일궜어). 이제는(지금은) 트랙터도 있주만 그땐 그런 차가 엇어. 그때 따비 인부값이 4,000원. 경헹 막 갈앗주. 동산 양쪽은 해먹지 않고 내불었더라고.

선흘은 돌 때문에 따비로만 갈더라고. 그때 장사헐 때난 그 돈으로 밧 다 이겼주. 나중엔 저 마장(목장)을 소 놓아먹게들 담 막 싸고(쌓고) 허젠(하려고) 개간을 해낫어. 선흘곶 마장. 그때 불도저가 막 왕 일을 허더라고. 도에서 지원된 거주게. 그때 소먹이 촐(꼴)을 갈아난 거주. 돈 주민(주면) 밭들을 불도저로 쫘악 밀언. 따비로 간 것이 을큰하더라고(억울하더라고). 아이고 기왕지사 영헹 해부는 걸 그때 따비값을 들이지 말걸. 하하하.

그 불도저로 다 밀어나노난 맨 돌천지. 경허민 서방이 돌을 등에 놔주민 등으로 다 지언. 난 서방 등더레(등에) 올려놓지를 못허난. 내가 다 지는 거라. 웃기지 안으냐. 어쩔 수가 엇어. 등으로 다 지어 내쳤어. 돌을. 등에 마다리나(자루나) 헌옷을 놓앙. 경헹 등으로 그걸 지어 내치는 거라. 그 돌을 지어 과수원 창고도 지은 거라. 구루마(달구지) 났을 때주만 도자(불도저)로 갈아오난 쇠가 발이 빠져 구루마 못댕기지. 그루후젠(그 후엔) 경운기도 있었지만 경운기도 빠져 못댕겨. 그니까 등으로 헷주게.

129) 따비: 땅을 뒤집어 일구는 농기구. 쟁기질이 어려울 정도로 돌이 많은 땅에서는 따비로 밭을 일구었다.

130) 제주시 조천읍 오일장.

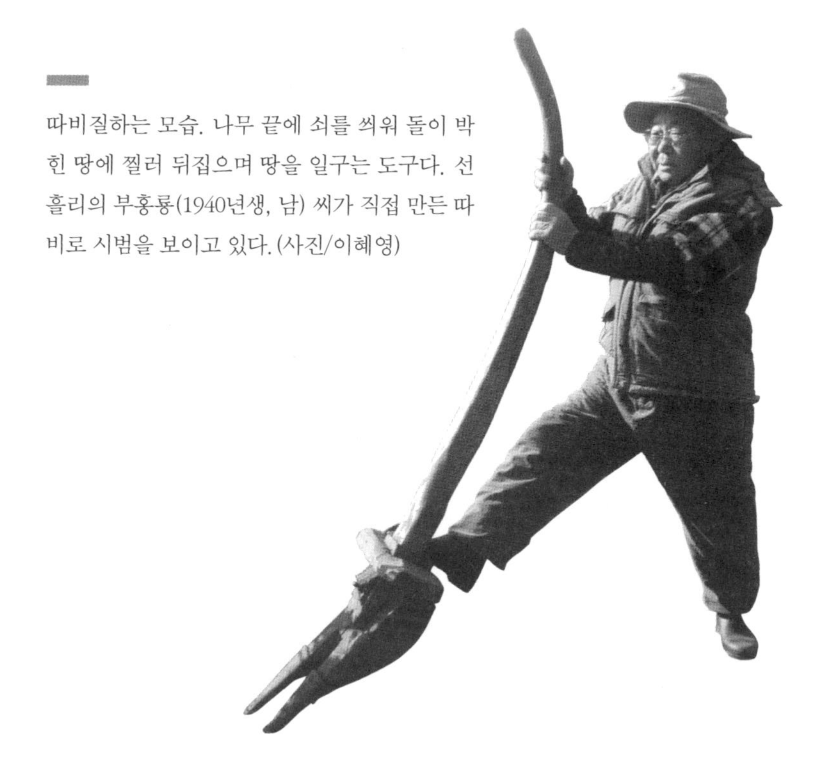

따비질하는 모습. 나무 끝에 쇠를 씌워 돌이 박힌 땅에 찔러 뒤집으며 땅을 일구는 도구다. 선흘리의 부홍룡(1940년생, 남) 씨가 직접 만든 따비로 시범을 보이고 있다. (사진/이혜영)

돈 엇일(없을) 때난 미깡만 다 심으면 굶어 죽으니까 배추영 무수영 심은 거라. 그때는 씨 찔를 때난 대여섯 개 찔렀당 솎으고 솎으고 하단 두개 남겼단 끝에 솎으는 건 이파리가 너풀너풀 크주게. 겐디 누게가(누가) 무수, 배추 솎은 거를 장에 강 팔아왔댄(팔고 왔다고) 허더라. 경헹 서방신디(서방한테) "이거 호끔(조금) 조천장[130]에 시꺼당(실어다) 주민 나가 팔아올건디." 경허난, 서방은 "누게가 사느니?" 허멍 막 하당(하다가) "시꺼당 줄테니 파나마나(팔든지 말든지) 너 알아서 허라." 하는 거라. 경헹 아침 새벽에 4

일제강점기에 처음 선 관덕정 앞 오일장. (사진/조선총독부)

시에 시꺼 갈 걸로 헌 거주. 그땐 조천장이 꽤 커낫어(컸었어). 난 서방 비위만 맞추젠 허단 머리에 쓸 것도 생각도 안허고 아기만 안아간 거라. 아기 머리에 씌울 것도 엇이. 왁왁할(깜깜할) 때난 그냥 간거라.

왁왁한 때 간 짐만 내려와뒁 지는 경운기 끄성(끌고) 가불고(가버리고), 붉아가난 벧이(볕이) 짱짱 올라올 거 아니가. 아기도 그늘이 없고 나도 그늘이 없고 무수, 배추도 그늘이 없고. 나도 참 두린(어린) 때주게. 사람도 벧이 바짝, 나물도 벧이 바짝. 시들시들해가는디 아무도 사지도 않고. 아이고 경헌디 사람이 죽으란 법은 엇인 거라이. 우리 고모가 조천에 사는데, 고모가 장엘 온 거여.

"아이고 이년아 이거 어떵헌 일이고, 무신 일이고. 이거 시껑아져(실어가지고) 온 놈은 어디 가시니(갔니)?"

"집에 가부런."

"아이고 요런 노릇이여."

고모가 이디 강 맽겨 저디 강 맽겨 다 폴안. 몇천 원 해줬어. 천원어치씩 맽긴 거주.

"혼저(어서) 아상(가지고) 가라. 혼저 아상 가라."

그거 팔아 가젠(가려고) 차비도 엇엇주게(없었지). 하하하.

한번은 영헌(이런) 일이 또 있었주. 우리 시어머니 돌아가시난 삭망을 해야 할 거 아니라. 달마다 삭망 두 번, 제사 걸리면 한 달

오일장의 허벅장수. (사진/제주민속자연사박물관)

에 세 번 네 번 할 때도 있어. 한번은 돈이 하나도 어신디 돈 나올 게 원 엇이난, 도라무깡(드럼통)에 산듸(밭벼)를 펑 강 방애간에 강 지난(찧으니) 쏠 닷 말쯤은 되라게(되는 거라). 그걸 지어 시에 오일장에 갔어. 그걸 풀안(팔아서) 금방 영 논디(놓았는데) 엇어져분 거라. 아이고 돈이 엇어졌수다. 다른 사람들도 돈 일러버렸젠 막 하는 거라. 서리꾼이 온 거라.

아이고 게난(그러니까) 차비도 없고 제주 차부에서(종점에서) 로타리까지 걸언 온거라. 제주 차부가 동문시장에서 멀지 않았어. 그디 동문시장서 오일장 서났주게. 로타리엔 아는 사람이 댕길 수도 잇이난. 거기 가만히 사시난(서 있으니) 우리 동네 할망이 시에 왔어. 쏠 지어 왕 풀았댄. "삼춘 나 돈 좀 빌려줍서." 다 일러부난(잃어버렸으니) 삭망 차릴 시장 볼 돈이 엇이니까 빌린 거지. 그 할망한테 4푼으로 빗졌어. 만 원 빌리면 1년에 4천 원이 붙는 거라이. 이제 서방한테 ᄀᆞᆯ자니(말하자니) 겁은 바싹 낭 달달 털멍(떨면서) ᄀᆞᆯ으니까, 어떵 궂은일 없어도 그 광질만 하던 사람이 그날은

"아이고게 됐저게. 돈 빗정 올 생각도 잘하고, 로타리까지 걸엉 와 사람 만날 생각도 잘했저게. 됏어."

그러는 거라. 이 사람은 큰일이 되싸지면이(뒤집어지면) 경허여(그래). 아이고 어떵사(어떻게나) 고마와 뵌디(보이던지). 하하하. 몇 년 조들른(속썩은) 그 가심이 슬착(슬쩍) 내려갈 정도로 아이고 서

방이 경도(그렇게도) 고마우카.

동네 사람들은 나한테 돈 빚져주지 않지. 서방이 그 광질하니까 내가 돌아나카부뎬(달아날까 봐). 그루후제 농협 생견 농협에서 돈들을 많이 빚져줄 때는 농협은 2푼으로 해주난 나중엔 사람들끼리 빚질 때도 3푼으로 내렸주게.

미깡낭 아니민 어디서 돈이 나올 말이라게

귤나무 아니면 어디서 돈이 나오겠어

이젠 애기들 욱음(크기) 시작하난 미깡낭에서(귤나무에서) 돈이 쪼끔씩 나왔주. 처음엔 약칠 줄도 모르고, 우리집 양반은 자존심 쎈 사람이난 놈의(남의) 밭에 보앙(보고) 오지도 않고. 그걸 보아 약 치는 도리를 알면 쉽게 칠 건데. 이 줄로 들어강 또 그 줄로 나오멍 쳐야 편안하게 칠 건데, 나무를 넹기멍(넘기며) 치젠(치려고) 허난 못 젼디는(견디는) 거라. 치는 사람은 낭(나무가) 족아부난(작으니까) 낭 위로 넹기멍 얼러러러 막 쳐나가는데, 뒤에서 줄 넹기다 보민 그냥 아이고…. 하하하. 경허멍 허단 나중엔 차차 욱아난(꾀가 생겨) 잘 치게 되었주.

우리집 아방은 놈한테 절대 싫은 소리 안 하는 사람. 놈하고는 안 싸와. 놈한테는 완전 양반. 같이 술먹당도 다른 사람들 싸우면 그냥 와버려. 겐디(그런데) 이젠 그 미깡을 풀젠하난(팔려고 하니) 그 땐 선흘서 다섯 여섯 집밖에 미깡하는 사람이 없었어. 대일이 삼춘신디(삼춘한테) 간거라. 그 삼춘이 미깡을 소개한댄 하더라고. 뒷날에 그 삼춘이 상인을 데리고 우리 미깡을 본거라. 근데 안산댄 하는 거라. 미깡이 너무 훍어서(굵어서) 안된대. 미깡은 5년 키우민 열매가 달려. 5년차 되는 해엔 벌겋게 막 열주. 미깡이 처음에 여난 이만썩 훍은훍은(굵직굵직) 헌게 벙글벙글 여난 족은(작은) 게 상품(上品)인 줄 몰르고, 큰큰헌 게 열었다고 막 지꺼젼(기뻤어).

상택이 아방신디 또 간거라. "아주버니네 미깡 사가는 상인한테 우리 미깡 사랜 해줍서." 허난, 아주버니가 "우리 낭밭드레(과수원에) 시꺼(실어) 놓으민 팔아주쿠메(팔아주마). 아사와(가지고 와)." 해서 타갔주(따갔지). 그래서 상인 오기 전이 우리 미깡을 거기 시꺼놓은 거 아이가. 아주버니 미깡으로 해서 판 거주. 하하하. 훍은 거라 값이 안 좋았지만 그래도 팔앗주. 그 다음해엔 미깡도 쪼끔 더 열고 상품도 좀 나고. 그때 천 관(貫)[131]만 되면 따로 팔아져. 천 관이 되면 한 차가 되난.

겐디(그런데) 중간에 선과장[132]이 생겼다가 가격이 안 나오난 선과장도 설러불게(그만두게) 돼가더라고. 상인들이 사기 시작하난. 옛날인 상인들이 밭떼기로 사는 일은 거의 없고 콘테나에(컨

131) 관: 관(貫)은 무게 단위로, 열 근이 한 관이다. 천 근은 600kg이다.

132) 선과장: 과일을 선별하고 포장하는 곳. 제주도 마을마다 귤 선과장이 만들어져 공동으로 귤의 품질과 판매가격을 관리하는 역할을 했다.

테이너에) 저장해두면 12월 되면 와서 막 사가. 선과장이 설러불게 되난 서방이 자기는 절대 상인한테는 안 풀켄(팔겠다고) 하는 거라. 고달프게 지은 농사를 상인이 값을 내려라 올려라 흥정허멍은 못 풀켄 하는 거라. 게민 어떵허낸(어떡하냐고) 하난 1년을 막 교육받으레 댕기더라고. 무공해 교육을 받는댄. 무공해는 정해진 값을 줘. 관당 4천 원썩 주고, 파치는 한 콘테나에 만 원썩 주고. 다른 거에 비하면 가격이 곱도 넘으난. 나중에는 돈이 괜찮았주. 우리가 무공해를 10년을 했어.

재작년에 너무 비가 왔어게. 비만 비만 오니까 밀감이 맛이 없어게. 또 잘 썩게 되고 허난 미깡을 안 가져가. 아방이 낙심을 핸에 미깡낭을 안허켄 하더라고. 자긴 상인한테 거래를 죽어도 못허겠다고 밭을 풀젠 하더라고. 그러기로 했는데 뒷날에 뚤한테 전화가 와가지고 제주도 내려와 살고 싶다는 거라. 경헹 다 줘버렸주. 지금은 사위가 내려와 거기 무공해로 농사 계속 허게 된거주. 영헷든 정헷든 그 미깡밭에서 나온 돈으로 아이들 학교도 시기고(시키고) 허여갔주게. 경 아니허면 어디서 돈이 나올 말이라게. 미깡낭 처음 심엉 시작한지가 49년 됐주.

제주도 감귤의 역사

죽음의 귤이 살림의 귤로,
보리밭의 세상에서 과수원의 세상으로

한반도에서 귤이란 제주도에서만 나는 지극히 귀한 과일이었다. 조선시대에는 매년 동짓달(음력 11월)에 제주 목사가 보내오는 감귤과 유자의 진상을 기념하여 '황감제(黃柑製)'라는 특별과거시험을 실시할 정도였다.

귤이 문헌에 처음 등장하는 것은 〈고려사 세가(高麗史 世家)〉 권7의 기록이다. 문종(文宗) 6년(1052년) 3월에 "탐라에서 세공(歲貢)하는 귤자의 수량을 일백 포로 개정 결정한다."라고 되어있는 것으로 보아 그 이전부터 탐라는 고려에 귤을 공물로 바쳐왔음을 알 수 있다. 조선시대에 이르러는 제주도가 한반도의 행정력에 완전히 편입되며 조정에 해마다 수많은 항목의 진상품을 올려야 했는데, 귤은 말, 전복과 함께 대표적인 진상 품목이었다. 조정은 제주도의 귤나무 갯수까지 세며 진상할 귤의 양을 지정했기 때문에 태풍이 오거나 가뭄이 들거나 이동 중 풍랑을 만나고 상하여 귤 개수를 채우지 못하면 제주 사람들은 큰 고초를 당했다. 제주에 내려온 탐관오리들의 수탈까지 더해져 제주 사람들은 귤나무를 몰래 죽이는 일까지 있었다고 한다.

죽음의 귤이 살림의 귤로 운명이 바뀌기 시작한 것은 1968년 '농어민 소득

증대 특별품목'으로 귤이 지정되면서부터였다. 정부는 제주도 농민들에게 저리의 돈을 융자해주고, 선과장과 저장고를 지어주고, 안정된 판로를 열어 주었다. 1970년대에는 제주도 사람이라면 너나없이 귤농사에 뛰어들었다. 대대로 농사짓던 보리밭에 귤 모종이 줄지어 들어서고, 소 꼴을 생산하던 촐밭도 하나둘 귤과수원이 되었다. 정부에서 가격 유지 정책을 펴 귤은 한동안 높은 값을 받을 수 있었다. 귤은 제주도 사람들의 생활을 안정시키고, 자녀들을 대학에 보낼 수 있게 해주었다. 그래서 제주도 사람들은 귤나무를 '대학나무'라 부르게 되었다. 이제는 귤농사가 예전만은 못하지만 지금도 제주도 농업 수입의 50% 정도는 귤이 차지하고 있다.

이렇듯 수백 년 동안 제주도 사람들을 옥죄었던 귤은 근대화와 함께 제주도 사람들의 살길이 되는 극적인 역사를 걸어왔다. 동시에 삽시간에 제주도의 모습을 다른 세상으로 바꿔놓기도 했다.

감귤의 재배면적 및 생산량 단위: ha, 톤, 백만원

연도	재배농가	재배면적	생산량	조수입
1960년	-	64	190	133
1970년	1,732	4,842	4,792	953
1980년	19,996	14,095	187,470	54,500
1990년	25,616	19,414	492,700	315,100
2000년	36,590	25,796	563,341	370,881
2010년	30,905	29,747	568,748	668,484
2020년	30,843	20,038	655,000	950,800

제주특별자치도, 각 연도 통계연보.

소리의 길

내 세상을

살 날은

없을 줄

알았어

이노무 서방 언제 죽어불코

이놈의 서방 언제 죽어버릴까

아방이 술먹엉 들어올 때 되면 저 신낭알로부터 웨기(고함치기) 시작허여. 옆의 사람이 심어도(잡아도) 말을 안들어노난 나하고만 품앗이[133]를 해야 하지. 그때 막 진진헌(긴) 머리라낫어. 근데 얼른 서방한테 잘 잡히는 건 머리더라고. 겨난(그래서) 그때 머리를 짧으게 끊어낫어.

어느날인 선흘곶[134]ᄁᆞ정 들어강 길 일어불고이(잃어버리고), 어떤 때인 어멍네 산에(산소에) 가노렌(간다고) 해이. 그 밤중에 술 먹엉 가불면 내가 어디 갔는지 알아? 친구가 ᄀᆞ라줘(말해줘) 찾앙도 오고, 핸드폰 나온 뒤로는 전화해 찾앙도 오고. 나 혼자 ᄃᆞᆯ아와(데려와) 지느냐? 그 큰 사람을 업어올 수도 없고. 그디서 싸웁고 허당 보민 깨지는 거라. 그디서 술 깨도록 막 푸끄는(지지고 볶는) 거라.

133) 일손을 주고받는 품앗이를 실랑이를 주고받는다는 뜻으로 썼다.

134) 선흘리에 있는 곶자왈 숲.

한번은 서방이 고구마 작목반 모임하는 데 간(가서) 앚았는디, 나가 어느 남자한테 눈을 텄단다. 눈을 마주 봤댄. 경헹 그디서 끝낭 나오젠 하는디 주먹으로 얼굴을 때리는데 눈을 맞은 거라. 사람들 앞이서. 눈 나와분 줄 알았어. 펄룽헌게(번쩍하니까) 엇어분거(없어진 거) 담더라고(같더라고).

뒷날은 우리 친정어멍이 이딜(여길) 온거라. 하필 딱 그냥. 어머니가 "눈은 무사(왜) 경헷어?" "문 털어지멍(떨어지면서) 다쳤어." "조심해 뎅기라." 어멍이 그걸 몰라서 경 골앗겠느냐(말했겠어). 난 친정에고 형제간 집에고 두가시(부부가) 싸워도 아니 가봤어. 어머니고 형제들이고 가슴아프카부덴(가슴 아플까 봐)…. 그러고 나면 뒷날은 서방이 또 죽게 잘못헤고렌(잘못했다고) 빌고. 술 먹으민 또 그노무 병은 일어나고. 막 울멍 다신 아니 허커라(하겠다) 빌어도 소용없더라고. 끝도 없는 세월 참….

난이(나는) 어느 제(때) 이노무 서방이 죽어불코만(죽어버릴까만) 헷어. 어디서 술 먹엄서라(먹고 있더라) 소리 들으민 손발이 다 저려부러. 걷질 못혀. 입도 다 곱아불어(얼어버려). 달달달 털어(떨어). 어떤 땐 눈이 오민, "오늘은 오당 어디 엎어지면 죽음이라도 헐테주." 경헌 생각도 해보고. 게도 죽질 아녀. 매날 기다려도. 서방이 있어도 그 사람이 돈을 벌어다주는 것도 아니고, 그 사람 한번 부리젠 허민 며칠 전부터 사정을 해야 돼. 경헤서 하루 일을 허민 몇 번씩 싸워지는지 몰라. 기계가 고장이 나도 나 때문. 뭐가 안 되는 거는 다 나 때문. 경허난 죽어불 때를 안 기다릴 수가 엇어….

나중에는 술 안 먹어보켄 약도 먹어라. 술 안 먹젠 해도 경 안 되난 약 먹노렌 하더라고. 술을 끊어봐도 한두 달 안 먹당도 또 먹어지주게. 먹던 술이라부난. 아랫 아이들 난 후젠(후에는) 덜허더라고. 막내 난 때 그때부턴 덜했어. 셋째 뚤 날 때까지는 막 허고. 그땐 더 했던 거 달마. 그땐 쉐도 다 팔아불었지. 자기 ᄆᆞ음대로 하나도 안되는 거라.

그땐 선흘에 경운기가 넉 대 정도밖에 안될 때난 옆에 사람들이 막 밭갈아도렌 헤여. 우리집 아방한텐 못 ᄀᆞᆮ고(말하고) 날ᄀᆞ라. 밭이라도 하루만 강(가서) 갈아도 돈이 얼마고게. 난 갈아시민 허여도 죽어도 안 가. 놈의(남의) 일이옌 헌 걸, 놈의 돈이렌 헌 걸 벌어본 역사가 없는 사람이라. 난 하늘 보멍 어디서 돈이 털어지는 법이 없나 허멍 살안. 하도 어려울 때난.

하루 저녁은 문도 다 부서볐는데(부셔버렸는데) 눈이 팡팡 오는 거라. 창호지 문을 다 부수아노난 구멍이 뻥뻥 다 뚤러지난 머리맡더레 눈이 불려드는 거라. 그 밤에 우리 아시가(동생이) 밤중이 베꼇디(바깥에) 왕 쌀을 저논거라. 베꼇디서 "언니 쌀 져다 놤수다예." 경헹 가는 거라. 가이는(그 아이는) 그때 방앗간을 헷주게. 아시가 져논 쌀을 먹젠 허난 가심 벌러지는(찢어지는) 거라. 아이고… 경허멍도 살건가…. 어디 말헐 데도 없고. 시부모라도 있으면 말이라도 할건데. 시아부지 있을 때가 나았주. 아부지랑 말이라도 할거난.

다른 거보다도 의처증이 그게 못견딜 거라게. 의처증 할 때는 놈들은 그거도 모르고. 의처증 그 진상은 한 10년 전까지도 헷어. 우리 싸왐시민(싸우면) 친한 할머니들은 또 와서 막 틀엉(뜯어말려). 당신네 말은 들을카부덴(들을까 싶어) 잘못했다고만 하래. 어떤 놈하고 눈이 맞았젠 허는데, 그런 일이 없는데 내가 잘못했댄 할 수가 잇어? 이 할머니들은 뭣도 모르고 "잘못햇젠 해불라(해버려라), 해불라." 해도 어떵 잘못햇댄을 허느니. 내가 그 소릴 안 하니까 이 할머니들은 그 아이는 그 말이 죽어도 안 나오는 아이랜만 허는 거라. 나는 어쩔 수가 없는 거라. 맞던 죽던. 그냥 죽어도 헐 수가 없는 거라.

소리 지를 수 있는 델 다녀봅서

소리 지를 수 있는 데를 다녀보세요

그러다가 내가 자꾸 아프는 거라. 병원엔 가난에 화병이옌 허난 대학병원 정신과도 간(갔어). 거기서도 소리나 말을 많이 하는 그런 델 댕기랜. 한약방에 가도 약 먹어도 소용없댄 허멍도 약은 지어주더라고. 한 재를 주멍 먹으랜 허멍도 "이걸로 안 좁니다(좋아집니다). 어디 소리나 노래나, 소리 지를 수 있는 델 다녀봅서." 그러더라고. 나는 어린 때부터 소리를 허고 싶었주. 허고 싶어도 나 처지에는 하나도 맞지 않으난, 시간도 안 되고 기분도 안 맞고 허난 헐 수가 없었던 거라.

나 어린 때 우리 오빠나 언니네가 소리를 잘했거든. 우리 족은 오빠 소리를 잘하는데 족은방에서 혼자 소리를 막 해. 장부타령을 하더라고. 그때 당시에는 거의 동네에서 결혼들을 했거든. 걸엉(걸어서) 다닐 때라부난. 옆집 사이에도 하고 동네 결혼들을 하다보난 새서방 집이 잔치하민 뒷날은 새각시 집이 놀아. 허벅장단[135] 치멍. 우리 오빠가 집이서 소리연습을 허여. 그거 들으멍 내가 다 외운 거라. 한번들 놀다 가불면 어른들이 너도 해보라 해보라 하면 부끄럽도 안허고 잘해낫어. 한 열서너 살 된 때 담다(같다). 허벅 두드리멍 소리 막 해연. 이제사 생각허민 그때부터 내 속에 소리 하고 싶은 뭣이 있었던 거 달마.

그러다가 한라문화제에 조천읍 대표로 나갈 사람들이 연습을 하게 된 거라. 여자 어른들이 한 50명 됐주. 조천에 가서 허는데 심방(무당)이 왕 가르쳐. 서우제소리[136]를 가르쳐주는디 소리가 막 길어. 신(神)이 일허고 신이 바다에 들고 신이 산에서 도깨비 역할을 하고, 그런 소리들을 서우제에 섞엉 하는 거라. 본풀이[137] 주. 그런 소릴 막 허난 나는 소리가 잘 외워지더라고. 경허다 그 심방이 못 올 때 내가 그걸 불르게 된 거지. 한 시간이 넘는 건데도 그게 다 불러져. 경헹 심방 아니온 때라도 연습을 헌 거주. 그루후제(그 후에) 한라문화제 연습하는 거 봐난(봤던) 사람이 어느 날 나한테 전화 온거라.

“무사마씀(무슨 일입니까)?”

“소리 흔번 해줍서.” 허는 거라.

135) 허벅장단: 물 긷는 동이인 허벅을 손바닥으로 치며 맞추는 장단.

136) 서우제소리: 제주도 무가의 하나. 영등굿을 비롯해 널리 불리는 무가다.

137) 본풀이: 신의 일대기나 근본에 대한 풀이를 이르는 말. 굿에서 제의(祭儀)를 받는 신에 대한 해설인 동시에 신이 내리기를 비는 노래이기도 하다.

"내가 무슨 소리를 한다고 소릴 허렌 헴수꽈(합니까)?"

"행사에 소릴 맡아네(맡아서) 헐건디, 서이(셋이) 해야 후렴이 될 건디 한 사름 못하게 되어 둘이만 하니 버쳠직헨(부칠 것 같으니) 해줍서."

"나가 모르는데 해집니까?"

"언니 아는 것만 하쿠다(할게요)."

경헹 출려(차려서) 갔주. 그 사람들 하는 걸 보니 자꾸 듣던 거난 되는 거라. 헤져라게(해지는 거야). 이제 무대에 가사네(가서) 후렴만 받앗주. 근데 내려오난 되게 기분이 나쁜거라.

'저 사름들보다 내가 소리 잘해질 거 달믄디(같은데) 무사(왜) 내가 저 뒤에 사져신고(서있나). 나도 소릴 허고 싶은데 어디 강 배울 방법은 엇인가(없는가).'

어디 갈 여유가 없고, 마음도 울적하고 할 땐디, 아이들은 막둥이 말고는 다 결혼 시긴(시킨) 때주. 집에 강 서방헌티 애길 하니까 강 배워보라는 거라. 경헹 와산에 전화 온 사름헌티 전활 다시 헷주게.

"소리 배우러 뎅기고 싶은디 배웁는 데가 어디 잇수꽈?"

"예게(예), 배웁는 데 잇수다. 동국민학교 앞인디양, 그 앞에 돌하르방이엔 헌 데 잇습니다."

그딜 가난 막 반기는 거라. 거기서 막 신나게 소릴 배웠주. 한달쯤 배우나마나 헷을 때라. 거기 선생님이 "조천체육관에 나이(내

가) 소리 맡앙 가는데 나랑 같이 걸랑(가자)." 허는 거라. 내가 보조로 선생님 소리를 뒤에서 받게 된 거라.

선생이 앞줄 두 줄만 해줘 배워 집이 오민 나 ᄆᆞ음에 '요정도면 선생님이 헌만큼 거의 받아질 거로구나.' 허기 전인(전에는) 잠이 안 들어. 걸 연습헤영 백프로로 완성을 못해지민 잠이 안 오는 거라. 거기 가기 시작허난 아방보고 딴 방 쓰젠 허영, 밤이(밤에) 막 그 연습을 헤여. 외움이 일이 아니라. 놈들보다 늦게 배웁게 된 거난 나대로 막 기를 쓰고 헌 거라. 게난 선생님 ᄀᆞ치(같이) 간 실수 엇이 헌 거주.

ᄀᆞ레ᄀᆞ는소리를 공연하고 있는 모습. (허계생 제공)

3개월쯤 되난 나가(내가) 뱁던(배우던) 선생들 둘이가 싸웁게 된 거라. 한 사람은 장구 선생이고, 한 사람은 소리 선생인디 장구 선생은 소릴 잘 못헤여. 목이 잘 안 나와. 겐디(그런데) 그 집은 장구 선생이 빌어논 집이라. 게난 자기가 큰선생이란 헤여 한라문화제에 나가켄(나가겠다고) 해분거라. 우리 소리 선생은 자존심 상해 막 싸운 거라. 결국 둘이 갈라사게(갈라서게) 된 거라. 우리 소리 선생이 나간 거지. 난 난감한 거여. 어쩔 수 엇이 장구 선생한테 말을 헷지. "나가 아파부난(아파서) 소리 배우레 왓는데 저 선생 따라 가야쿠다(가야겠습니다)." 경헹 나도 같이 나온 거라.

근데 우리 선생이 마땅치는 못허더라고. 소리가 막 아주 가는 소리, 걸 애기목이렌 허주. 학생은 선생 목을 따라가젠 헐 수밖에 엇주게. 그게 내 마음에는 안 맞더라고. 그래도 거기밖에 모르니 그 선생헌티 계속 배왓주. 한 일년쯤 되어가는데 선생님이 이러는 거라.

"나 한춘자 선생한테 강 소리 배와그네(배워서) 너희신디(너희한테) 배와주켜(가르쳐 줄게). 강 배왕 제주민요 배와주마."

한춘자 선생이라고 맨 처음 제주도 명창을 딴 사름이라. 그래서 내가 그랬주.

"선생님 나도 그디(거기) 강 ᄀ치(같이) 배우면 안됩니까?"

참 분시(사리분별) 모르는 소리지. 나가 그땐 아무것도 모르고 그런 소릴 헌 거라. 우리 선생은 그디 ᄃ란(데리고) 뎅기민 샛보름

나카보덴[138](날까 봐) 안 드란 가젠 허는거 뭣도 모르고 그런 소릴 허니까 선생님이,

"무사 그디 강 돈들이멍 허느니. 내가 フ르쳐 줄거 아니가."

경헹 못갓주. 그리고 한 일주일쯤 됐는데 선생님이 그러는 거라.

"계생아, 나랑 フ치 가올(갔다올) 데 잇어. 서울에 대회에 갈 걸로 다섯이 계속 연습해신디(연습했는데) 흔 아이가 소리를 하도 못 해부난 나가(내가) 한선생한테 골앗저(얘기했어). 저아이 드란가켄(데려가겠다고) 하민 나 아니가켜(안 갈래요). 사람이 엇인데(없는데) 어떵허느냐고 해서 나 너 드란가켄 헷저(했어)."

"아, 나가 지금 어떵(어떻게) 그걸 헙니까. 내일 갈건디. 아니 됩니다. 못합니다."

"된다. 너 헐 수 있다."

헐 수 엇이 그디 가난에, 이거 불러보라 저거 불러보라 허는 거라. 경 허라는 대로 불럿어. 게난 "됏수다. 통과됏수다. 내일 걸읍서(갑시다)." 경허는 거라. 하이고 나 막 놈은(남은) 이거 한 달 연습헌 사름들인데 내가 어떵…. 게도(그래도) 그렇게 되난 어쩔 수 엇이 간거라. 정신엇이 가그네(가서) 어떵어떵(어찌어찌) 맞춰 불른 거주. 겐디 우리가 대상을 받아분 거라. 아이고 참. 하하하하.

138) 샛보름은 동풍을 말하지만 여기서는 딴마음, 딴생각을 품는다는 뜻으로 쓰고 있다.

소리가 병을 낫게 헌 거지

소리가 병을 낫게 한 거지

그루후제(그 후에) 어느 날은 한춘자 선생이 날보고 곧는(얘기하는) 거라.

"사름들 육지에 자격증 시험들을 보러 갈 건디 가컬랑(가고 싶으면) ᄀᆞ치 걸읍서(갑시다)."

그게 소리 강사 자격증 시험이라.

"나가 자격 됩니까?"

"ᄀᆞ레ᄀᆞ는소리(맷돌가는소리) 너무 잘합데다, 그걸 가졍(가지고) 걸읍서."

"그냥 가도 될것과(될까요)? 될 거 안 닮은디(안 될 거 같은데)…."

"잘 헙데다. 걸읍서."

경(그렇게) 가기로 한거라. 우리 선생한테 가니까 우리 선생도 거기 갈 걸로 막 곧더라고. 게난 "선생님 나도 가카(갈까요)?" 하니까 "몰르커(모르겠다)." 허는 거라. 게난 못가게 허카부덴(할까 봐) "한춘자 선생님헌티 들어봅서게(물어봐주세요)." 골앗더니, 한춘자 선생님이 우리 선생님한테 데려가자고 해서 나도 나가게 된 거주.

뒷날에 한춘자 선생님한테 연락이 왓는데, 아무 상이라도 받아논 거 잇이민 다 가져오라는 거라. 거기 점수가 된대. 한라문화제 나강(나가서) 대통령상을 받은 거, 또 상 받아논 게 많앗주. 부녀회 활동허멍 상 받아논 거도 있고. 거도 대통령상 받아논 게 잇엇주. 게난 나 분시도 모르고 다 우리 선생헌티 앗아네(가지고) 가지 않앗샤(않았냐).

"한춘자 선생님이 가져오라니까 선생님한테 보여주고 가져가려고 왓수다. 잘못 가져가카부덴(가져갈까 봐)."

근데 우리 선생은 아무것도 상 받아난 게 엇인 생이라(모양이야). 그니까 자존심이 팍 상해분거라. 난리가 되싸진(뒤집어진) 거라.

"난 아이 가켜(안 갈란다)."

"선생님 게멘(그러면) 나 아니 가크메(안 갈 테니) 선생님만 갑서."

"무사(왜) 아니 간단 말가(말이냐). 앗아가라(가지고 가라)."

하도 허난 그냥 돌아완. 또 선생님한테 갓주. 학원에도 없고 밭에도 엇어. 또 그냥 돌아완. 뒷날 아침에 전화가 왓어.

"그냥 걸라(가자). 나도 가크메(갈 테니)."

경헹 다같이 나가서 노래도 허고 헷는데, 이게 또 곤란하게 되언(되었어). 한춘자 선생님이 전화와 허는 말이 내가 점수가 제일 많이 나와부난 등급이 1등급이 나오게 됐는데, 우리선생은 못 받으게 되었다는 거라.

"선생님 경허면 저 2등급 줍서(주세요). 그것만으로도 좋수다. 그걸로 줍서."

경헨 육지에 연락해 강사자격증을 2등급으로 받앗주. 그루후젠 소리 배우레 선생한티 가민 이리 돌안(돌아) 앚어(앉아), 저리 돌안 앚어, 경허는 거라. 그래도 한달만 참앙(참고) 댕겨보젠(다녀보려고) 계속 댕겻어. 게도 영 안되는 거라. 한달 되어서,

"선생님 나 아멩이나(아무렇게라도) 댕겨보젠 해도, 선생님이 그자락(그렇게) 허는디 나가 어떵 댕깁니까. 나 못댕김직(못 다닐 것) 허우다(같습니다)."

"못댕기건 말라! 한춘자신디 가라!"

"선생님 저 병 때문에 온 사람이난 신경쓰멍은(신경쓰면서는) 다니지 못허쿠다."

경헤 그냥 나왓져. 나와서 한춘자 선생한티 갓주. 그디서 선생님 따라 해넘이축제에 나가서 상도 받고, 또 남도창 허는 선생한테 가서 거기서도 배웟주. 그루후제 밀양아리랑축제에 나가게 되신디(됐는데) 그디서 대상 받앗주. 그딘(거긴) 나 혼자로 받은 거주. 대상 받으면 전주대사습[139]에도 갈 자격이 있댄. 그디는 가볼 수가 없는 자리 담더라고(같더라고). 대회가 어떤 대회인지 보기라도 허고 싶으더라고. 말들을 하는 걸 보난 아무나 들어가질

못허는 데더라고. 자격이 잇다믄 한번 가보고 싶은 거라.

그디 대사습은 남도창에서도 최고 꽂을 가지고 나가야 되는 거주. 그 당시 10만 원인가 20만 원인가 참가비가 있더라고. 그걸 내어 갔어. 가보난 또 장구 한 사름(사람) 비는(빌리는) 것도 20만 원 핸게. 이제 장구치는 사름하고 들어가는데, 난 사람들 잇인(있는) 데서 허는 건가 헤신디(했는데) 딱 독방에 들어가더라. 배포 엇인(없이는) 못 들어가는 데라. 딱 독방에 들어간 보난, 심사위원들이 열 명 정도 앚앗더라고. 우리나라 대사습 상 탄 사람들로만. 딱 초석자리 페와난(펴놨어). 허는 소리가 12박 소리만 부를 수가 있댄(있다고) 하는 거라. 나가(내가) 아는 건 금강산타령베끼 엇어. 그것베끼 부를 줄을 모릅니다 하니까, 그런 것은 해당이 안 된다는 거여. 제비가나 흥부가나 이런 판소리만 허는 데라. 하하하. 그래도 기왕 여기 올라왔으니까 금강산이라도 불런 가라 하는 거라. 하하하. 처음 갈 땐 제주 토속소리를 불르젠(부르려고) 헷어. 그런 건 안 된다는 거라. 게난 그냥 금강산타령을 헷주. 잘 불르든 못 불르든 그건 낙(落)일 거니까 오히려 펜안하게 부른거주. 하하하.

139) 전주대사습: 전주대사습놀이. 판소리, 농악, 무용, 민요 등 전통문화예술 여러 분야에서 기량을 겨루는 경연대회다.

천하명산 어디메뇨 천하명산 구경갈제

동해 끼고 솟은 산이 일만 이천 봉우리가

구름같이 벌였으니 금강산이 분명쿠나.

그걸 불렁(부르고) 나왕(나와서) 심사허는 것도 안 보고 그냥 온거주. 그때 소린 거의 다 배운 때주. 제주도 민요고 경기창 허는 것들은. 소리 배운지 한 10년 되실(됐을) 거라. 소리허래 다니기 시작허난 언제 해낫는지 아픈게 엇어져버련. 그냥 엇어져불더라고. 소리를 배우레 다니기 시작하난 오전일 해뒁 오후에 그디 가

힘차게 소리하는 허계생. 소리가 들릴 듯하다.(허계생 제공)

고정(가고 싶어) 눈이 벌겋게 댕겼주. 한 3~4개월쯤 댕겨신디 그 때 시내버스가 딱 파업을 해불더라고. 아방은 모르게이 오토바이 함덕에 세와뒁(세워두고) 시에꺼정(시내에까지) 오토바이 끄성(끌고) 댕견. 오전에 일하단 오후에 가젠허민, 1시부터 시작되난 집이서 서방 거실리지 말젠(않으려고) 밥 해놓고 오토바이 탕 시에 강 따시(또) 오고 헌 거주. 10분이라도 일찍 가젠 그 오토바이로 간 거주게.

경헹 댕겨신디 그루후젠 아프는 건 전혀 몰란. 아예 없더라. 노래 허민 막 즐거워부난. 마음이 너무 즐거운거라. 세상을 다 얻은 거 달므는(같은) 거라. 이제 서방도 ᄆᆞ음대로(마음대로) 댕기라 허지, 밥도 지냥으로(자기대로) 먹는댄 허지. 나강(나가서) 오래 살던지(있든지) 해도이. 학원에서 공연 가게 되면, 밤에 공연하는 데도 있거든. 호텔 같은 데는 밤공연이라. 밤 12시가 되고 1시가 되고 해도 아방은 ᄆᆞ음대로 댕기라, 애기들은 아이구 잘 헴수다 잘 헴수다 허지, 이거 뭐 세상을 다 얻어시난(얻었으니) 아플 이유가 엇지. 게난 소리가 병을 낫게 헌거지. 명약이 따로 엇지.

노래와 함께한 삶

제주도에서는 한반도 본토와는 그 리듬과 색조, 노랫말이 확연히 다른 민요가 전승되었다. 그것은 자연환경과 노동환경의 차이, 그에 따른 사람들의 심성의 차이와 제주어의 화법의 차이에 따른 결과일 것이다.

다양한 삶의 장면에서 제주도 사람들은 노래를 불렀는데, 가장 많은 노래가 전승되는 것은 단연 노동요였다. 농업노동요, 어업노동요가 주를 이루고, 특수한 일로 양태·망건·탕건을 짜며, '불미질'(풀무질)하며 부르던 노래 등이 있다. 생활 속에서 공동체 노동을 했던 집짓기, 초가지붕 이기, 장례를 치르며 이루어지는 다양한 노동 등에서도 사람들은 함께 노래를 불렀다.

또한 허벅을 두드리며 덩실덩실 춤도 추어가며 즐기는 노래 또한 빠질 수 없으며, 아기를 재우는 자장가, 아이들이 놀며 부르는 동요도 제주도만의 독특한 노래들이 전승된다.

토속신앙의 세계와 일상생활이 밀접하게 연결되어 있었던 제주도에서는 굿판에서 '심방'(무당)들이 부르는 본풀이는 일반인들에게도 익숙한 것이어서

양태는 짜는 소녀들과 아기를 재우는 어머니(사진/조선총독부)

유명한 대목들은 평상시에 일할 때나 놀 때를 가리지 않고 부르기도 했다.

민요에는 그 전승자들의 세계관, 자연관, 삶의 방식과 감정 등이 여과 없이 투명하게 드러난다. 마찬가지로 제주민요에는 육지와는 다른 제주도 사람들의 노동 형태와 삶의 방식과 태도, 공동체의식 등이 스며있다.

위로와 용기와 격려의 노래

제주민요 가운데 농업노동요를 들여다보면 이 책에 가장 많은 이야기가 나오는 농사 이야기를 이해하는 데 도움이 될 듯하다.

농사는 거름을 마련하는 일부터 시작된다. '거름 내는 소리', '모쉬 모는 소리', '돗거름 불리는 소리', '모쉬 짐 싣고 가는 소리', 이 소리들은 보리농사를 위해 '돗통시'(돼지우리)에서 삭힌 돼지 똥을 밖으로 꺼내고, 말이나 소를 몰며, 돼지거름에 보리씨를 섞어 밟아 뒤섞으며, 섞인 거름을 밭으로 싣고 가며 부르는 일련의 노동요다. 애월읍 상귀리와 하귀리에서 전승되는 이 소리들은 제주도 무형문화재로 지정되어 있다.

거름을 마련했으면 씨를 뿌리기 전에 밭을 갈아야 하는데, 이때 부르는 노래가 '밭 가는 소리'요, 좁씨와 '산듸'(밭벼) 씨는 씨를 뿌리고 나서 흙이 들뜨지 않게 단단히 밟아야 했는데, 이때 부르는 노래가 '밧볼리는 소리'다. 밭을 가는 일은 보통 소 한두 마리를 데리고 가족끼리 하는 소규모 노동이고, 밭을 밟는 일은 많게는 수십 마리의 마소와 많은 사람들이 함께 하는 규모가 큰 공동

여럿이 박자를 맞추며 도리깨질을 할 때는 '마당질 소리'를 힘차게 부르고, 마소를 몰고 씨 뿌린 밭을 다질 때는 마소를 어르며 '밧볼리는 소리'를 불렀다. (사진/홍정표)

노동이었다. 거름을 마련하고, 밭을 갈고, 밭을 밟는 일은 모두 소나 말과 함께 하는 일이어서 가사에는 소나 말에게 오늘 할 일을 설명하거나, 독려하는 내용이 빠지지 않았다.

뿌린 씨앗이 자라나오기 시작하면 이제부터는 '검질'(잡초)과 고단한 씨름이 시작된다. 보리밭이나 조밭은 규모가 커서 '수눌어서'(품앗이로) 함께 검질을 맸다. 여러 명이 함께 검질을 매며 서로를 북돋으며 '검질매는 소리'를 불렀다.

곡식이 건강하게 자라 수확기가 되면 탈곡과 도정을 위해 많은 과정과 노동이 필요했다. 커다란 빗처럼 생긴 빗살에 보릿대를 긁어 낟알을 떼어내며 부르는 ‘보리 훌트는 소리’, 베어낸 작물을 그대로 펴놓고 도리깨로 두드려 낟알을 떨구며 부르는 ‘마당질 소리’, 낟알을 나무로 만든 커다란 방아에 넣고 여러 사람이 둘러서 방아를 찧으며 부르는 ‘방아질 소리’, 보리알을 쪼개거나 곡식을 가루 내기 위해 맷돌을 돌리며 부르는 ‘ᄀᆞ레 ᄀᆞ는 소리’ 등이 노동과 함께 전승되었다.

돌투성이에 거름기 없이 푸석한 화산땅에서 오직 밭농사만으로 살아가야 하는 제주도 사람들의 노동은 한반도 다른 어떤 지역보다도 촘촘하고 거칠었지만 수확은 보잘것없었다. 노동요는 그 척박함과 고단함에서 태어났다. 함께 일할 때 노래는 일의 속도와 몸짓을 맞춰 효율을 높여주기도 했고, 함께 버티어 주는 서로에게 의지하게도 했고, 기지가 넘치는 가사에 함께 웃기도 했다. 홀로 일할 때 노래는 졸음과 고단함을 이기게 했고, 자신의 서러운 신세를 노래함으로써 스스로 위로받았다. 노동요는 기본 뼈대에 자신의 이야기를 더함으로써 천 가지, 만 가지의 노래로 펼쳐지며 전승되었다. 우리의 삶이 그러하듯이 말이다.

댕겸시민 배워진다게

다니다 보면 배워진다

나는 토속소리만 제일 좋아해져. 토속소리는 제주도 사람들 일하는 소리들이주게. 옛날 생각 때문에 내가 토속을 좋아하는 거주. 어릴 때 어른들 일할 때 많이 들은 소리는, 'ᄀ레 ᄀ는 소리', '쇠 끄는 소리', '밧볼리는 소리', '검질 매는 소리', '낫질허는 소리' 그런 건 들어놧주게. 경헤도 그걸 배워보젠(배우려고) 외왕(외워서) 헐 생각은 못해보고, '검질 매는 소리'는 나도 같이 하니까 익숙게시리 같이 부르고 헷지만 다른 소리들은 그냥 귀 너머로만 들엇주. 겐디 소리허는 데 다니기 시작하난 그 들어난(들었던) 게 잇이니까 쉽게 받아들여지는 거라. 그리고 느낌이 잇네(있어). 일 해난(했던) 느낌.

나가 소리허멍 최고 어렵게 한 삼 년 다니멍 배운 소리가 삼달리 소리. 아멩헤도(아무래도) 그 일을 몰르니까 더 어려웠던 거 달마(같아). 그 선생은 지금 90 되실(됐을) 거라. '테우 노젓는 소리'허고 '갈치 나끄는 소리'. 그걸 배워신디 일주일에 한 번씩 뵙주게

(배웠지). 경 삼 년을 배워도 내가 테우를140)(떼배를) 노저어 본 적도 엇고게, 그게 얼른 몸에 닿질 않는 거라. 그게 속에 들어와야 그걸 심는데(잡는데). 우리 사촌 오라방이 배를 헷주게. 거기 가보난 테우가 있더라고. 글고(그리고) 대나무가 있어. 긴 대나무가.

"오빠 이건 어떵헤영(어떻게 해서) 젓어 나가는 거꽈?"

"저 테우를 대나무로 영영(이렇게 이렇게) 끅—141) 하게시리 밀고 밀고 헤영(해서) 한강바당142)에 가는 거 아이가."

테우를 얕은 디 메여놓앗당 처음에는 바닥을 꾹 밀멍 나가는 거라. 경허멍 그걸 보앙(보고) 대나무를 미는 힘을 아니까 소리도 경(그렇게) 달라지더라. 또 한번은 "선생님, 후렴에서 한 소절을 도저히 못허쿠다(못하겠어요)." 경허난

"댕겸시민(다니다 보면) 배워진다게. 이때꼬정(이때까지) 한 사람도 배운 사람이 어시메(없어)."

"선생님 게민 어디 강(가서) 나 한 번만 더 배와줍서게."

"어디 강 배와?"

여름에 싹싹 더운 때난, "아이 저 벗낭(버드나무) 아래 강 배와줍센."

140) 테우(떼배): 통나무를 엮어 만든 배. 가까운 바다에 나가 어로를 하는 데 쓰인다.

141) 끅: 꾹— 눌러 미는 모양을 표현한 의태어.

142) 한강바당: 깊은 바다를 뜻하는 표현.

그디 앉안 선생이 하는 걸 잘 들었어. 집에 가난(가서) 그걸 윕단(외웠다가) 자꾸 불렀다(부르다) 불렀다 다음 토요일이 되엇주. 우리 친구집 가는디 커브를 들어가는디, 길에서이 그게 딱 들아오는 거라. 그 소리가. 그냥 차에 앉아도 그 소리를, 길에 가다가도 그 소리를, 그걸 안 불르젠 해도 떠나지를 않으난 안 불를 수가 엇어. 계속 그것만 하단(하다가) 차에서 내려 커브를 딱 트는데 아 그게 되는 거라. 아이고 이제 기뻔. 그날은 해녀박물관에 선생님이 오는 날이라. 그래 그디 가서,

"선생님 오늘은 나가(내가) 흔번 그 소릴 불러보쿠다(불러보겠습니다)."

"그래 다른 사람 헤여볼 사람도 어시난(없으니) 한번 헤여보라."

> 에헤에 에에에에 허기여~~어어 뒤기여~~어 헤~~
>
> 어기여차 소리로 우겨나 줍서~

"야, 참 잘헴쪄!"

"선생님 몇 점 줄것과?"

"95점 주켜."

"선생님 차라리 100점 주지 무사(왜) 95점이꽈?"

"100점사 줘지느냐(줄 수 있냐). 나가(내가) 잇인디(있는데)."

경 곧는 거라. 아하하하!

선흘리 어르신들과 제주민요를 함께 부르는 프로그램을 운영하기도 했다.
(사진/이혜영)

그 고비 넘기는 것이 그렇게 어려운 거라. 길게 길게 빼지는 거라. 강성태 선생님 소리 참 조은다(좋다). 숨의 그 유도리[143]를 알아사(알아야) 되여. 소리라는 거는 그러더라고. 소리를 많이 많이 불러. 불러서 나가 100프로 연습을 헤졋구나 해도, 몇 년을 그것에서 느낌을 오래 가져서, 그래야 그 소리가 되더라고. 많이 익어야 되는 거더라고.

토속소리는 두린(어릴) 때부터 허고 자꾸 허단보난 새로 짓는 것도 헤지더라고. 내가 일을 헤난(했던) 사람이니까 농사를 지어도 언제 씨가 들어가고 언제 밭을 갈고 어느 때 비고(베고) 그걸 다 아니까 노랫말을 지는(짓는) 것도 알아져(알겠어). 내가 어디 강 소릴 배와도 '아, 이건 순서가 잘못 들어갔구나. 뒤바뀐 것도 있구나. 말도 잘못 되엇구나.' 이런 걸 알아져. 그러다가 "이거 잘못 되어수다." 그러면 선생님광 호꼼(조금) 다툼이 될 때도 잇어. 선생님은 "이거 다 교수님한테 허가받은 거라부난예(거라서요)." 영 허민, "교수들은 다 압니까게." 하하하. 농사 안 지어 본 교수가 뭘 아냐고 경허다 보민 호꼼 다툼이 될 때도 잇주.

143) 유도리: 일본어로 유도리(ゆとり)는 여유를 뜻한다. 한국어로는 그때 그때의 형편이나 경우에 맞게 융통성을 발휘하는 능력이나 재주라는 뜻으로 쓰인다.

이추룩호 세상도 이시카

이런 세상도 있을까

멫 해 전이(전에) 제주어보존회에서 허성수렌 하는 어른이 전화오란에(전화 와서) "너 제주어 말 한번 녹음하면 안되크냐(안 되겠냐)?" 허는 거라. 들어보난 제주대학교 교수가이 동쪽 사람 다섯 사람, 서쪽 사람 다섯 사람 2년을 교육을 시켰덴 허여. 그 사람들한테 녹음을 헤보젠 허난 글 읽듯이밖에 못헴댄(못 하더래). 도저히 안 되연 사름을 찾다가 나신디(나한테) 전화가 온거라.

"2년이나 교육받은 사람도 못한댄 하는데 내가 허여지카(할 수 있을까)? 내가 허여지민 허고, 못허민 헐 수 엇고예. 게민 한번 허여봅주(해보지요)."

경헤그네(그렇게 해서) 교수허고 회장허고 왔어. ᄀ치 점심 먹으멍 영(이렇게) 적어논 걸 두 장을 주멍 읽어줍서 허는 거라. 나가(내가) 보단(보다가) 이추룩(이렇게) ᄀ랏주(말했지).

"이거 못 읽을 거사(거야) 잇수꽈(있습니까). 겐디(그런데) 오늘 녹음헐거마씀(녹음할 겁니까)? 오늘 녹음 못합니다."

"무사마씀(왜 그럽니까)?"

"이거 나가 외왕(외워서) 나껄(내것을) 만들어사(만들어야) 말이 나오주. 지금 읽으렌 허민 글밖에 더 읽어집니까."

"아, 내가 이번에 제대로 찾아왓수다. 맞수다! 그럼 언제쯤 오민 되코(될까요)?"

"일주일만 기다립서. 외와지면 연락을 드리쿠다(드리겠습니다)."

일주일 되난에 연락을 헷주게.

"와봅서(와보세요). 되나마나(되는지 마는지) 허여봥(해봐서) 안되민 새로 또 외왕 헤삽주(해야지요)."

그때는 교수만 왔더라고. 집이선(집에선) 안될 거 달마(같아) 리사무소 회의실을 빌언(빌렸어). 거기서 녹음을 딱 헷어. 녹음을 허레 가난 비디오를 내놓더라고. 비디오 찍어논 거 보난 그걸 미국에서 찍은 거랜. 자기가 직접 미국 배나무밭에서 찍었다고. 이거 비디오도 찍고 말도 그디서 만들어 온 거난 비디오 보멍 허민 더 이해가 될 거라고 가져온 거라. 녹음을 허난 너무 잘헷다고, 그냥 합격받안.

그날 또 하날 가정 왓더라고. 회초리로 아이 때리는 거 이런 거를 헤놧어. 그걸 녹음을 헷주게. 그 교수가 "나 자꾸 찾아올 거 담수다(같습니다)." 허더니, 그루후제(그 후에) 또 온걸 보난 길쭉한 거

울을 두 개 가져왔더라고. 앞으로 놓고 옆으로도 놓고 입 모양이 어떻게 돌아가는지 다 찍더라고. 그추룩 그것 저것 허단 보난 방송국 일도 허게 된 거주.

나 위에 어른들은 더헤실테주마는(더했을 거지만) 험악하게 살다 보난 나대로 나를 막 칭찬하고 싶어. 왜냐하면 그 어린 나이에 스물에 시집왕 스물여섯 살 때부터 대살림을 살아시난(살았으니까). 할망 하르방이 농사도 안 지어 살아시니, 놈 준 밭을 일구어, 그걸 다 따비로 갈앙 돌 다 지어 내쳐 산 생각을 하민, 나 도망도 안

남편의 칠순잔치. 네 딸과 아들 하나, 손자손녀들이 허계생이 살아온 힘이다. (허계생 제공)

제주KBS의 '보물섬'에 '삼춘이영조케영'이란 코너 진행자로 3년 동안 많은 젊은이들을 만났다. (사진/제주KBS)

가고, 그 애기들 다섯 다 낳아 키우고, 서방 사람 멘들앗으니 성공된 거 아이가. 하하하. 경허난 나가 나를 칭찬한다. 나 진짜 착한 사름이라. 대단하여. 스물여섯에 시어멍 죽어부난 하늘이 멜라진(무너진) 거 담고이. 그때 생각을 허민 기가멕혀. 그걸 어떵 이끌어 살아진지(살았는지) 모르커라(모르겠어). 송애기가(송아지가) 하나 잇엇시냐. 하하하.

며칠 전에 누님 전화오난에, 서방이 이제는 그런다.

"누님, 나 이제 각시 덕에 살암수다(삽니다)."

옛날인(옛날엔) 서방 죽어불 때만 베렷주게(봤지). 하하하. 죽여불진(죽여버리진) 못허고. 질에서라도 엎어전 죽어불렌만 기다렷주게. 그래도 죽지도 아니하고 이제껏 살아놘. 요즘은 족발 고길 숢안 서방이, "먹읍서~" 날 보고 골으민(말하면), "안 먹으커라(먹을 거야). 밭에 갈 거난 당신이나 먹어." 하하하. 나 주젠(주려고) 숢앗다는 거라. 하하하. 난이(나는 말이야) 진짜 하늘이 안부러워라. 이추룩흔(이런) 세상도 이시카(있을까). 아이구 내가 재기(빨리) 죽엄직흐다(죽을 것 같아). 씨집살이가 괴롭고, 애기 키움도 괴롭고 해도이 그게 삶이라. 우리 감독이 나보고 "우리 삼춘은 벼랑 끝에 핀 꽂. 삼촌 달믄(같은) 사람도 어수다." 경 곧는 거라.

이제는 난 진짜 육체 하나라도 다 나라에 바침이라도 하고 싶은 마음도 있고. 늠이라도 도우멍 살고 싶은 마음도 있고. 경헤져. 남을 위행도(위해서도) 살고 살아사주(살아야지). 나 세상을 살날은 원 엇을 줄 알안. 이제부턴 나의 삶이주. 그런 생각 먹엄서(먹고 있어).

다른 거 딱 꿈이 하나 잇인 건, 소리로 문화재 등재가 되면 촌에라도 집을 하나 지엉 동네 식구라도 모두와 앚앙(앉아서) 토속소리 배와주고 싶어. 무슨 벌이하젠 하는 게 아니고. 그게 하나 꿈이라.

한 사람 생활사

제주 사람 허계생

제주어
작은 사전

〈단어편〉

ㄱ

가름 동네

가망이 가마니

가문잔치 결혼 전날 신랑·신부 집에서 각자 친지들이 모여 치르는 잔치

가실 가을

가이 그 아이

가이들이(그 아이들이) 좀 커서

갈옷 감물 들인 옷

감저 고구마

강알 아래, 사타구니

갸들 그 아이들

거리다 떠담다

거려노멍(담아놓으면서)

거줌 거의

거줌 들어와가는디, 한라산 거줌 가는 데

걸다 (땅이나 거름이) 기름지다

땅이 걸주게(기름지지)

걷다 걷다, 가다

걸라(가자)

걸어지다 걸리다

걸어져(걸려) 뒤집어지지 않고

검질 잡초, 김

게난 그러니까

겐디 그런데

겨난 그러니까

경 그렇게

경허다(그렇게 하다) 보면

경허고 그리고, 그렇게 하고

고고리 이삭

고만히 가만히

고팡 고방, 광

곤쏠 흰쌀, 백미

골갱이·골갱이 호미

곰베 곰방메

곱다 숨다

낭 트멍에(틈에) 들어가 곱아부난

(숨어버리니), 동굴에 곱앙(숨어서) 살앗주

곱지다 숨기다

곱져불거난(숨겨버릴 거니까), 확 곱젼주게(숨겼지)

과세 세배

과제기 빽빽이

과짝[1] 곧추

과짝 세완(세우고)

과짝[2] 새싹 따위가 촘촘하게 솟은 모양

싹이 과짝(수북이) 나완

광질다리 술주정뱅이

구덕 대나무 바구니. 바닥은 직사각형이고 부리는 타원을 이루는 형태로 용도에 따라 다양한 크기로 만들어 썼다.

구루마 달구지

굴묵 난방용 아궁이

굼부리 분화구

궤기 고기

궨당 친척

그디 거기

그루후제 그 후에

그물어가다 달이 저물다, 그믐이 되어가다

8월 거줌(거의) 그물어가는디

그자 그냥, 그저

그자락 그렇게, 그 정도로

그자락 결석은 아니헷주, 선생님이 그자락 허는디

그차다 끊다, 자르다

그거 그차다그네(끊어다가)

글다 가다

ᄀᆞ득하다 가득하다

ᄀᆞ랑비 가랑비

ᄀᆞ레 맷돌

ᄀᆞ루 가루

ᄀᆞ르치다 가르치다

ᄀᆞ리 고비, 때

시어멍은 이 ᄀᆞ리에(고비에) 들어와

ᄀᆞ만히 가만히

ᄀᆞ치 같이

ᄀᆞᆮ다 말하다

절대 ᄀᆞᆮ지(말하지) 말자, 다들 ᄀᆞᆮ은(말한) 거라

ᄀᆞᆯ다 갈다

낫 ᄀᆞᆯ민(갈면)

맷돌에 ᄀᆞᆯ앙(갈아서)

꼬딱 꼼짝

꼬딱 못허여

꼬짝허다 곧바르다

꼬짝허게 심는 거라

꼴랭이 꼬랑지

꿔다 반죽하다, 이기다

흘기 꿔어져노난(이겨져서)

끄스다 끌다

구루마 끄성가젠(끌어가려고), 머리 심어(잡아) 끄서완(끌고 왔어)

끄실키 끙게. 씨앗을 뿌린 뒤에 흙을 덮는 농기구. 나뭇가지에 돌을 눌러 끌며 흙을 덮는다.

끅 칙

끌리다 끓이다

불에 끌리멍(끓이며)

끔끔허다 뜸하다, 잠잠하다

꼴다 깔다

방석 꼴앙(깔고) 앉아라, 낭을(나무를) 막 꼰거라(깐 거야)

ㄴ

나다 낳다

아들이나 나시민(낳았으면), 2월달에 나신디(낳았는데)

날고라 나한테 (말하기를)

낭 나무

낭밧 나무밭 (과수원 또는 육묘장)

낭푼 양푼

내루다 내리다

내루와불젠만(내려버리려고만) 한거라

내불다 놔두다, 내버려두다

내불민(놔두면), 내불어(내버려둬)

내창 내[川]

냉기다 넘기다

그추룩(그처럼) 봄을 냉겻주(넘겼지)

너미 너무

너미 귀하게 키왓주

넴겨두다 남겨두다

노람지 쌓아놓은 곡식 따위를 둘러 덮는 이엉 같은 것

노시 전혀

놈삐 무

놈삐생기리 무말랭이

누게 누구

누게가(누가)

눅지다 눕히다

삭삭 비멍(베며) 눅지고(눕히고)

눌다 (짚이나 꼴 따위를) 쌓다

눌엇당(쌓아놓고) 오든, 눌어서(쌓아서) 해묵였다

눕지다 눕히다

늑신네 늙으신네. 어르신

는달는달허다 는적는적허다, 흐물거리다

ᄂᆞ려앚다 내려앉다

하늘이 ᄂᆞ려앚인(내려앉은) 거 달마(같아)

ᄂᆞᆷ 남, 다른 사람

ㄷ

달므다 닮다(추측). 같다

달마(같아), 달믄디(같은데)

담다 같다(추측)

못 살 거 담다(같다)

답도리허다 잘못을 따지다, 닦달하다

대바지 작은 물허벅

더끄다 덮다

이불 더껑(덮고) 자라, 초가지붕 더끄는(덮는) 새(띠)

덕석 멍석

덩드렁 구멍이 없이 미끈하고 둥글넓적한 돌. 여기 짚 따위를 놓고 두드려 부드럽게 만든다.

데와지다 꼬아지다, 비틀어지다

다리 데와져(꼬아져)

데우다 꼬다

촐깨를 밤새 데왓주(꼬았지)

뎅기다 다니다

뎅겨난(다닌), 뎅기멍(다니면서)

도구방애 절구

도깨 도리깨

도새기 돼지

도채비 도깨비

돗거름 돼지거름

돗궤기 돼지고기

동박낭 동백나무

두가시 부부

두렁메다 둘러메다

총 두렁메고(둘러메고)

두리다 어리다

두린(어릴) 때부터, 아직 두리난(어리니까)

뒈싸다 뒤집다

쇠똥을 뒈쌍놔사(뒤집어 놔야), 난리가 뒈싸젼(뒤집어졌어)

들르다 들다

들른(든) 걸 보난(보니)

들이치다 집어넣다

밭을 갈아 씨를 들이치주게(넣지)

등어리 등

등피불 남폿불

ᄃᆞ리다 데리다

ᄃᆞ란(데려)

ᄃᆞᆨ 닭

ᄃᆞᆨ궤기 닭고기

ᄃᆞᆯ렝이 작은 밭

ᄃᆞᆯ아나다 달아나다, 도망가다

ᄃᆞᆯ아나불게(도망가자)

따문 때문

그것 따문이지, 눈 따문에 널지 못하지

떼담 밭의 경계를 표시하는 흙담

또시 또, 다시

ᄄᆞᆯ 딸

ᄄᆞᆺᄄᆞᆺ허다 따뜻하다

ㄹ

라스미깡 하귤의 일본어

ㅁ

마농 마늘

마장 목장

매날 맨날

멍에 밭머리

ᄒᆞᆫ 멍에에 열 명도 앉고

메! 기가막힐 때 내는 소리

메께라! 너무 기가 막힐 때 놀라는 소리

메역 미역

멕 멱서리. 짚으로 짜서 만든 그릇

멘짝허다 평평하다

멜라지다 무너지다

하늘이 멜라진(무너진) 거 담다

멩텡이 멱서리. 짚으로 짜서 만든 그릇

멫 몇

모두다 모으다

모두와만지면(모아만지면), 모두왕(모아서)

모물 메밀

모물ᄌᆞ베기 메밀수제비

몬 모두

무끄다 묶다

낭에 무꺼둬(묶어둬)

무룩이 그득히

무사 왜

무사 경헷어(그랬어)? 무사마씀(왜요)?

무시거 무엇

무신 무슨

이거 무신 말이고

문짝 죄다

문착하다 크고 번듯하다

미깡 귤의 일본어

미깡낭 귤나무

밋밋[1] 물이나 기름이 흘러넘치는 모양

밋밋[2] 전부

그것을 밋밋(전부) 눅져(눕혀)

ᄆᆞ음 마음

ᄆᆞᆫ척 몽땅, 모두

ᄆᆞᆫ척 젖어불민 아니 된다

ᄆᆞᆯ똥버섯 말똥버섯

ᄆᆞᆯ류다 말리다

고사리 꺾엉 ᄆᆞᆯ류왕(말려서), 그걸 봉덕불에 ᄆᆞᆯ류는데(말리는데)

ᄆᆞᆯ르다 마르다

잘 ᄆᆞᆯ르단(마르지도) 안 해

ᄆᆞᆯ총 말총

ㅂ

바농질 바느질

바령 농사를 쉬는 땅에 마소를 들여 마소의 똥이 거름이 되게 하는 일

반 잔치나 제사 후에 사람들마다 따로 담아 나누어 주는 음식

발다 물이 스며들지 않고 흘러 내리다

물 잘 발게 세워 두라

발창 발바닥

발탁허다 흥건하다

이슬은 발탁하게 내리난

배 끈

그걸로 배도 꼬아

버치다 힘에 부치다

버쳥(힘에 부쳐서) 못하쿠다, 팔지 못하고 버치민게(힘에 부치면)

벌겅허다 벌겋다

벌러지다 깨지다

수박이 벌러지곡(깨지고), 가심 벌러지는(찢어지는) 거라

베끝 바깥

베끄티(바깥에) 비가 오난, 베끝드레(바깥으로) 나가 보라

베랑 별로

베리다 보다

베리지(보이지) 못 할 때꺼정, 베리멍(보며)

베지근허다 고기가 달고 맛있다

벨라지다 찢어지다, 까지다

고무신이 다 벨라져(찢어져)

벱다 배우다

내가 벱던(배우던) 선생들

벳 볏. 보습 위에 덧댄 쇠조각

보곰지 주머니

보리클 보리 낟알을 훑어 떠는 농기구

보리탈 멍석딸기

보섭 보습. 쟁기 끝에 끼우는 넓적한 삽 모양의 쇳조각

복삭허다 오래되거나 익어서 연하게 된 상태

오래 입으면 그것도 복삭해져

봉그다 거저줍다

봉가오라(주워오너라)

봉덕불 부엌이나 마루 바닥에 설치된 돌화로

봉먹다 물(양수) 먹다

애기가 봉먹은 거 달마

부애 부아

부제 부자

분시 분수. 사리분별

서방은 분시도(사리분별도) 몰라서, 참 분시 모르는 소리지

불 벌

두불(두 벌) 검질(잡초) 매야지

불리다 곡식을 바람에 날려서 검불, 티, 쭉정이 따위를 날려 버리다

불치 불을 때고 남은 재

불탁불탁 부글부글

비끄럽다 부끄럽다

비끄러우난(부끄러우니까)

비다 베다

그 풀을 비엉(베어서), 하나도 못 비언(베었어), 새(띠) 비레(베러) 간 밭도 멀고

비슥허다 비스듬하다

ᄇᆞ듯허다 빠듯하다

네 시쯤 보듯한(빠듯한) 때

ᄇᆞᆯ그다 밝다

날 ᄇᆞᆯ강(밝아서) 가민 안 되주

ᄇᆞᆯ르다 바르다

참기름 ᄇᆞᆯ르멍(바르며)

ᄇᆞᆯ르다 밟다

조ᄑᆞᆺ(조밭) ᄇᆞᆯ려야(밟아야) 싹이 나지

빠다 뽑다

ᄆᆞᆯ총(말총) 빠당(뽑아다가), 빠다그네(빼놓고서)

빠다 짜다, 빼다

유채 지름(기름) 빠는(짜는) 공장, 궂인물(궂은물) 빠멍(빼며)

뽈다 빨다

다 뽈안(빨아서) 말리고

뿍뿍이 허파

뿔리 뿌리

삐다 뿌리다

씨를 삐엉(뿌려서)

ᄈᆞᆺ스다 빻다

ᄈᆞᆺ신거(빻은 것), ᄈᆞᆺ상(빻아) 두라

ᄈᆞᆯ다 빨다

ᄈᆞᆯ아(빨아) 먹었어

ㅅ

사까닥질 (고무줄놀이의) 뒤집기

사다 서다

내가 마당에 사신디(섰는데), 저승 사자가 완 삿젠(서있다고)

사르다 태우다, 피우다

숯불 살롸뒁(피워두고)

사름 사람

사춘 사촌

산 산소, 묘

왕ᄆᆞ루쪽에 가민 산이(산소가) 막 많지

산듸 밭벼

산듸짚 밭벼짚

삼춘 가까운 손위 사람을 남녀 구분 없이 친근하게 부르는 호칭

새 띠. 볏과 식물. 초가지붕을 이는 데 썼다.

새벽 새벽

새왓 띠밭

생 모양

경헌(그런) 생이라(모양이야)

생이 새[鳥]

서답 빨래

서답마께 빨랫방망이

석석허다 서늘하다

설르다 그만두다

선과장도 설러불게(그만두게) 되고, 설러불라(그만둬라)

성제 형제

섶 잎

셋할아버지 둘째 할아버지

셋뚤(둘째 딸)

소곱 속

동굴 소곱에 곱안(숨었어)

소낭 소나무

소망일다 운이 좋다

어떵허당 소망일민(운 좋으면)

속박허다 소복하다

속박허게시리(소복하게) 담아놔

손지 손주

솜박허다 가득하다

불치가(재가) 솜박허민(가득하면)

송키 채소

수눌다 품앗이하다

수눌엉(품앗이해서) 해야지

숭시 흉사

쉐걸름 쇠거름

쉐시렁 쇠스랑

시기다 시키다

결혼을 시견(시켜서), 다 나만 시기젠(시키려고), 시경줍서(시켜주세요), 어디셔(어디 있어),

시리 시루

시리떡(시루떡), 한 시리썩(시루씩)

시상 세상

식개 기제사

심그다 심다

동박낭 심거그네(심어서)

심다 잡다

고무줄도 끝까지 심엉(잡고), 팍 심어부난(잡아버리니까), 심으레(잡으러) 오지 못허주

심방 무당

싱그다 심다

많이 싱근(심은) 사람들은, 그때 낭을 싱거놧어(심었었어)

ᄉᆞ나이 남자

ᄉᆞ락허다 만지거나 스칠 때 부드럽고 상쾌한 느낌이 나다

말라서 ᄉᆞ락해지면

ᄉᆞᆯ째기 살짝, 몰래

ᄉᆞᆱ다 때다

물 ᄉᆞᆱ앙(때서) 밥 헹(해서)

싸다 쌓다

담 막 싸고(쌓고)

싸다 켜다

깜깜할 땐 초롱불 싸(켜), 불 쌍(켜서) 뎅겨, 불 싸근에(켜서) 해라

씨다 쓰다, 사용하다

촐로(꼴로) 씰(쓸) 억새

ㅇ

아멩해도 아무래도

아시 동생

아시날 하루 전날

아주망 아주머니

아지다 가지다

흔침 지어아졍(지어가지고) 오고

아지다 앉다

아장(앉아) 놀멍

아지망 아주머니

알로 아래로

앗다 가지다

아사간(가져간) 거, 앗앙오라(가져와라), 아시레(가지러) 오민

앚다 앉다

집이(집에) 앚아(앉아), 돌안(돌아서) 앚어(앉어)

야개기 목덜미

양석 양식, 먹을거리

양지 얼굴

어떵 어떻게

어떵(어떻게) 살라고

어떵사 어찌

어멍 어머니

어웍 억새

어이 잠깐 사이

옷은 밥허는 어이에(사이에) 뺄앙(빨고)

얼다 춥다

날이 바싹 어난(추우니까), 동짓달이 되니 막 얼엉헌디(춥고 한데)

얼먹다 고생하다

경(그렇게) 얼먹은(고생한) 거주

엇다 없다

엇어, 어서(없어), 엇이난(없으니까)

에염 옆, 가

소방서 에염에(옆에), 밭 에염(밭 가장자리)

여산 계획, 계산

영 이렇게

영(이렇게) 조그만 물통인디, 영영(이렇게 이렇게) 해보라

영장 장사(葬事), 장례

오꼿 갑자기 일어나는 일의 모양

비가 오꼿(와락) 와부난, 오꼿(갑자기) 차가 고장나분 거라

오라방 오빠

오롬 오름

오주매 오자미

올레 거릿길에서 대문까지 드나드는 골목

왁왁하다 깜깜하다

왁왁한데(깜깜한데), 왁왁할(깜깜할) 때

왕왕작작 시끌벅적

외방 자기가 사는 곳 바깥의 다른 고장

요디 여기

용시 농사

우영 텃밭. 집 울타리 안의 채소밭

우영팟 텃밭. 집 울타리 안의 채소밭

움막지다 우묵하다

바닥이 움막진 데로

웨다 고함치다, 외치다

시끄럽게 웨멍(고함치며), 뭐라고 웨기(고함치기) 시작허여

을큰허다 섭섭하다, 억울하다

이렇게 가니 너미(너무) 을큰허다(섭섭하다), 을큰헹(억울해서) 안되켜(안 되겠다)

이녁[1] 상대방을 지칭하는 이인칭 대명사

이녁(자기) 옷 앗아당(가져다가) 걸쳐주언

이녁[2] 자신을 지칭하는 일인칭 대명사

이녁만(자기만) 아는 사람, 이녁냥으로(자기 힘으로)

이시다 있다

외가가 이신(있는)

인칙 일찍

인칙들(일찍들) 다녀야지

일러불다 잃어버리다

일러버려신디(잃어버렸는데)

일르다 일으키다, 뒤집다, 일구다

돌 일르멍(뒤집으며) 깅이(게) 잡고, 따비로 밧도 일러냈어(일궜어)

입줄름 말다툼

잇다 있다

잇인디(있는데)

옥다 (말귀를 알아듣고 혼자 판단할 만큼) 성장하다

아이들 옥아가난(커가니까)

옥다 약다, 꾀가 나다

나중엔 차차 옥아난(꾀가 나서)

욿다 (열매가) 열다

수박이 벙글벙글 막 욿아(열어)

잠데 쟁기

장낫 벌낫. 자루가 길고 큰 낫.

장시 장수. 장사하는 사람

재기 빨리
재기재기 허라

정월멩질 정월 명절. 설날

정지 부엌

제우 겨우

제우다 (잠을) 재우다
제와나사면(재우고 나면), 아기를 제왕(재우고)

젼디다 견디다
힘들어 못 젼디난(견디니까)

조끗디 곁에, 근처에
조끗디(이웃) 사름, 조끗디(이웃) 할망

조들다 걱정하다, 근심하다
조들지(걱정하지) 말라, 멧년 조들른(속썩은) 가슴

조름 뒤, 꽁무니
옷 조름이(뒤가), 그 조름에

조팟 조밭

졸바로 똑바로

주젱이 쌓아놓은 곡식 따위를 이엉 같은 것으로 둘러놓고 그 꼭대기를 덮는 고깔 모양의 지붕

줍다 깁다
옷을 다 주억(기워) 입주

줏다 줍다
줏이멍(주우면서), 줏단보난(줍다 보니)

줴다 쥐다
줴여(쥐고) 먹언(먹었어)

지꺼지다 기쁘다, 기껍다
애기 보난(보니) 막 지꺼젼(기뻤어)

지다 찧다
방아에 다 지여사(찧어야) 허주

지대로 저절로

지둘루다 누르다
문에 지둘랑(눌려)

지름 기름

지시 장아찌

지치다 끼얹다
물 퍼당(퍼다가) 지치면(끼얹으면)

지커다 지키다
그 새를 지커는(지키는) 거라, 애기 지커젠(지키려고)

질다 긷다
물 질러(길으러) 다니고

질루다 기르다
도새길(돼지를) 질루왓지(길렀지)

질이 길이

집줄 초가 지붕을 얽는 줄

ᄌᆞ들다 걱정하다

ᄌᆞ들지(걱정하지) 말라, ᄌᆞ들아신디 (걱정했는데)

ᄌᆞ베기 수제비

ᄌᆞᆨ은[1] 가족 호칭으로 쓰일 때

ᄌᆞᆨ은어멍(새어머니), ᄌᆞᆨ은똘(막내딸)

ᄌᆞᆨ은[2] 작은, 적은

ᄌᆞᆨ은 밭, ᄌᆞᆨ은 돈이 아니랏어

ᄌᆞᆫᄌᆞᆫ허다 자잘하다, 작다

모종이 ᄌᆞᆫᄌᆞᆫ헌(자잘할) 때, 도새기 (돼지) ᄌᆞᆫᄌᆞᆫ한(작은) 거

ᄌᆞᆯ다 잘다, 자잘하다

ᄌᆞᆷᄌᆞᆷ허다 잠잠하다

ᄌᆞᆷᄌᆞᆷ허라(아무 말 마라)

ᄌᆞᆸ다 집다

손으로 ᄌᆞᆸ아놔(집어놔)

쪼끌락허다 쪼끄맣다

쪼끌락헌 솥

쭌쭌허다 홀쭉하다

쭌쭌헌 쌀이 나오면

ᄍᆞᆯ르다 자르다

가위로 ᄍᆞᆯ르멍(자르며)

ㅊ

차롱 대나무를 쪼개어 네모나게 결어 속이 깊숙하고 뚜껑이 있게 만든 그릇

창 바닥

청새 누렇게 쇠기 전의 초록색 띠

촐 꼴, 마소에게 먹이는 풀

촐께 매끼. 곡식 단 따위를 묶을 때 쓰는 새끼나 끈.

촐밭 꼴밭, 꼴을 기르는 밭

촐왓 꼴밭, 꼴을 기르는 밭

치다 찌다

시루떡 막 치멍(찌며)

치다 체로 치다

합체로 치엉(쳐서) 가루 내리는 거라

치다 털어서 깨끗이 하다

치젠(털려고) 허는데

ᄎᆞᆯ리다 (음식이나 형식 등을) 차리다, 준비하다

식개를(기제사를) ᄎᆞᆯ령(차려서), 잔치를 잘 ᄎᆞᆯ려사주(차려야지)

ᄎᆞᆯ리다 (정신을) 차리다

정신 ᄎᆞᆯ려그네(차려서)

ᄎᆞᆯ흑 찰흙

ㅋ

커다 담그다

쏠을 물에 컨(담가서)

코찡허다 가지런하고 고르다

코찡허게시리(가지런하게) 잘라져야

ᄏᆞᆨ박세기 박바가지

ㅌ

타다 따다

타레(따러), 탕(따서)

탈 딸기

태우다 (음식 등을) 나눠주다

반을 태워사주(나눠줘야지)

털다 떨다

달달달 털어(떨어)

털어지다 떨어지다

문 털어지멍(떨어지면서) 다쳤어, 어디서 돈이 털어지는(떨어지는) 법이 없나

텅에 둥우리

테우리 소나 말을 들에 풀어 돌보는 사람

톡하게 제대로, 잘

트멍 틈

낭 트멍에 들어가 곱아부난(숨어버리니)

ᄐᆞᆮ다 뜯다, 떼내다

ᄐᆞᆮ앙(뜯어서)

ㅍ

파랑하다 파랗다

파랑한(파란) 게 막 길어

펄룽 번쩍

펄펄하다 걸쭉하다

죽이 펄펄해져(걸쭉해져)

페양 파양(罷養)

페우다 펴다

부채처럼 쫙 페영(펴서), 다리 쭉 페완(펴고서), 초석자리 페와난(펴놨어)

포따리 보따리

푸끄다 지지고 볶다

막 푸끄는(지지고 볶는) 거라

푸는체 키. 곡식 따위를 까불러 쭉정이나 티끌을 골라내는 도구

푸다 까부르다

ᄑᆞᆯ다 팔다

노력을 ᄑᆞᆯ민(팔면서) 살고, 그걸 ᄑᆞᆯ레(팔러) 와, ᄑᆞᆯ켄헌디(팔겠다고 하는데)

ᄑᆞᆺ 팥

하간 온갖

하간 것들 다 긁어 담아

하다 많다

하낫주(많았지), 하주만(많지만),

하도 많이, 엄청

하도(엄청) 부러워

하영 많이

한탈 나무딸기

할강할강 헐떡헐떡

할망 할머니

합체 눈이 고운 체

허다 하다

허여낫주(했었지), 폭도로 몰리겠다

허영(해서), 헷주(했지)

허민 허면, 그러면

헤연 해서(준비해서, 함께 해서 등 여러 의미를 문맥으로 해석해야 한다)

금춘이영 할머니영 헤연(함께 해서)

고사리 꺾으러 가젠(가려고)

호꼼 조금

호상옷 수의

호썰 조금

혼저 어서, 빨리

혼저 아상(가지고) 가라

홀트다 훑다

손으로 홀타(훑어)

후제 후에

훍다 굵다, 성기다

훍은(굵은) 거 골라, 대체는 구멍이

훍은(성긴) 거라

흐린좁쏠 차좁쌀

흘치다 흘리다

흙벙뎅이 흙덩이

흥글다 흔들다

애기구덕 흥글멍(흔들며)

히지근허다 히뿌옇다

날이 히지근헤가난(히뿌애져서)

〈어미편〉

-게 겠어(부정의문 어미)

어디 거역이 잇어게(있겠어)

-고정 -려고

신을 신고정(신으려고) 해도, 김밥 먹고정(먹으려고) 허니

-곡 -고

먹곡(먹고), 지어오곡(지어오고)

-광 -과,-와

벗들광 놀러가젠(놀러가려고)

-ᄁᆞ장 -까지

집ᄁᆞ장

-ᄁᆞ정 -까지

할아버지 갈 때ᄁᆞ정, 시에ᄁᆞ정, 이때 ᄁᆞ정

-그네 -아서,-어서

들개기목 가그네(가서)

-나문 남짓

스무나문(스물 남짓), 설나문(서른 남짓)

-난 -니까

4·3사건이 나난(나니까), 하르방 밭에 보난(보니까)

-난에 -니까

노름만 하난에(하니까)

-낫다 -었다(과거)

놀이는 막 하낫어(많았어)

-노난 -놓으니까

다 팔아노난(팔아놓으니까), 욕심을 내노난(내니까)

-노안,-놘 -놓고서

건져놘(건져놓고서)

-느니 -겠니,-느냐(반어적 의문)

무슨 소용이 잇느니(있겠니)

-댄 -다고

제일 잘 안댄(안다고), 못간댄(못 간다고)

-드레 -으로

옆드레(옆으로)

-디 -에

밭디(밭에), 그디(거기에), 이디(여기에)

-디 -데

힘도 엇인디(없는데)

-랏어 -었지

그게 우리 삶이랏어(삶이었지)

-레 -러

꺾으레(꺽으러), 먹으레(먹으러)

-렌 -려고

사노렌(살려고)

-멍 -며

놀멍(놀면서), 웃이멍(웃으며)

-민 -면

이제 생각하민(생각하면)

-베끼 -밖에

5~6개월베끼, 나베끼

-부난,-보난 -버리니까

먹고 살게 엇어부난(없어버리니까)

-분 -버린

엇어져분(없어져버린) 것 같아

-불민 -버리면

나 가불민(가버리면)

-사 -야

들여놔사(들여놔야) 헌다, 먹어사주(먹어야지)

-수꽈 -습니까

유채 어디 잇수꽈(있습니까)?, 배 뜰 때 되지 않앗수꽈(않았습니까)?

-수다 -습니다

못 칠헤수다(했습니다)

-시민 -으면, -하면

죽엇시민(죽었으면), 어서시민(없었으면), 댕겸시민(다니다 보면)

-신디 -한테,-에게

우리 어멍신디

-썩 -씩

한 시리썩(시루씩)

-아샤 의문형 어미

좋은 세상 알아샤(알았어)?

-안 -았어

경허멍 살안(살았어)

-암샤 -고 있냐?

비어왐샤(베어오냐)?

-앙 -아서, -고서

천에 쌍(싸서) 가라

-언 -었어

막 아파 누원(누웠어), 밥 먹언?(먹

었어?)

-엄수께 -고 있어요

물이 막 들어왐수께(들어오고 있어요)

-엉 -어서, -고서

애기들 놔뒁(놔두고), 찌엉(찌고) 말령(말려서) 그걸 보깡(볶아서), 막 부엉(부어서),

-연 -여서,-고서

낭(나무) 허연(해서) 시꺼라(실어라)

-영 -랑, -하고

아이들이영 같이 노는

-영 -어서, -고서

가졍(가지고) 와라

-옌 -라고, -라는

'큰물'이옌(이라고) 한 데를

-이 -에

그 옆이(옆에)

-이 주격조사

오롬만도이(오름만도)

-인 -엔

옛날인(옛날엔), 밤인(밤엔)

-인 -은,-는

앉인(앉은), 우리 어머니도 엇인데(없는데)

-저,-져 종결어미. 단정하는 느낌.

내가 먹엇져(먹었어)

-직허다 -것 같다

버쳠직헨(힘에 부칠 것 같아서), 나 못댕김직허우다(못 다닐 것 같습니다)

-젠 -다고

잘못헷젠(잘못했다고) 허주마는

-젠 -려고, -자고(의도)

군인들 가젠(가자고) 허는 대로, 먹젠(먹으려고), 살젠(살려고)

-주 -지

없게 된 거주(거지)

-차 -째

밧차(밭째) 사서

-차 -채

구덕이 빈차(빈 채)

-추룩 -처럼

계란노른자추룩, 이추룩, 저추룩

-카보덴 -할까 봐

하카보덴(할까 봐), 밥 못 먹으카보덴(못 먹을까 봐)

-카부덴 -할까 봐

놀래카부덴(놀랄까 봐), 돌아나카부덴(달아날까 봐)

-커라 -거야, -겠어

아이고 완되커라(안 되겠어), 모르커라(모르겠어), 주커라(줄게)

-켄 -겠다고(강한 의도)

혼자 다 먹켄(먹겠다고)

-코 -ㄹ꼬, -ㄹ까(의문)

언제쯤 오민 되코(될까)?

-크라 -겠어

못하크라(못 하겠어), 주크라(줄 거야)

-트레 -으로

안트레(안으로), 우트레(위로)

참고자료

고광민, 《제주생활사》 2016, 한그루

고광민, 《제주도 도구의 생활사》 2019, 한그루

부만근, 《제주지역개발사》 2012, 제주발전연구원

김영돈외, 《제주의 민속 II 》(생업기술·공예기술) 1994, 제주도

제주대학교 국어교육과, 《북제주군 구좌읍 송당리 학술조사보고서》, 1996

강정식외, 《한국인의 일생의례-제주도》 2010, 국립문화재연구소

고재환외, 《제주어 표기법 해설》 2014, 제주발전연구원

다카하시 노보루, 《제주도의 농법과 농민》 (김석기 번역, 고광민 해설) 2019, 먼물깍

제주통계포털 https://www.jeju.go.kr/stats

디지털제주문화대전 http://jeju.grandculture.net/jeju

디지털서귀포문화대전 http://seogwipo.grandculture.net/seogwipo

허계생

1953년 계사년에 구좌읍 송당리에서 태어났다. 4·3사건 와중에 할아버지가 돌아가시고, 곧 아버지까지 여의고 어머니와 농사를 지으며 자랐다. 가난한 살림에 사내 몫을 해야 하는 고단한 생활이었지만 당당한 사람으로 컸다. 스무 살에 조천읍 선흘리로 시집와 딸 셋과 아들 하나를 낳아 기르며 여러 장사로 나서고 농사를 지었다. 시부모님 돌아가시고 원인 모를 병으로 살길을 찾다가 소리에 눈을 떴다. 2004년 한춘자 명창에게 제주 민요와 노동요를 사사받고 2010년에는 전국민요경창대회에서 대상을 받았다. 응어리가 노래로 풀어졌던지 병도 나았다. 여러 행사에서 공연을 하고 텔레비전 리포터로 활동하기도 하며 두 번째 삶을 살아가고 있다.

이혜영

1972년 부산에서 태어나고 자라나 서울에서 일하다 2011년 제주도에 왔다. 시민단체 녹색연합에서 《작은것이 아름답다》 기자로 일하며 글쓰기가 시작되어 자연, 사람, 생태, 평화를 주제로 사회적 활동과 글쓰기를 이어왔다. 우연히 선흘마을에 살게 되었지만 마을 어르신들과 벗이 되어 서로 돌보며 처음으로 몸과 마음이 정착하게 되었다. '마을출판사 먼물깍' '세대를 잇는 기록'을 꾸리며 제주도를 공부하며 기록해가고 있다.

쓴 책으로 《산골마을 작은학교》(공저, 2003, 소나무) 《갯벌, 무슨 일이 일어나고 있을까〉(2004, 사계절) 《희망을 여행하라》(공저, 2008, 소나무) 《인권도 난민도 평화도 환경도 NGO가 달려가 해결해 줄게》(2014, 사계절)가 있다.

한 사람 생활사

제주 사람 허계생

2022년 12월 10일 초판 1쇄 발행

지은이 이혜영 **펴낸이** 김영훈 **편집장** 김지희 **디자인** 나무늘보, 이은아, 최효정, 김지영

펴낸곳 한그루 **주소** 제주특별자치도 제주시 복지로1길 21

전화 064-723-7580 **전송** 064-753-7580 **전자우편** onetreebook@daum.net

누리방 onetreebook.com

ISBN 979-11-6867-069-3 (03810)

값 16,000원